オーマイ・ゴッドファーザー

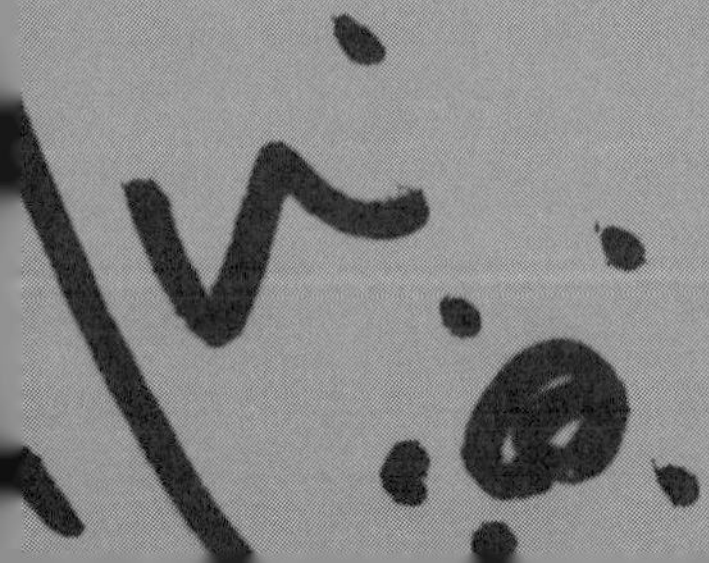

序章

毒書のすすめ

「美味いもんばっかり食っとるような人間は信用ならん」

それが父の口癖だった。

うちが貧乏で、美味いものなど縁がないことを正当化する口実としか思えないのだが、父の講釈は続き、次第に変な説得力を発揮するのだった。

「ええか、グルメとか美食家とか気取っとる奴は、肉でも魚でも一番いいところだけ選んで食って、後は捨てるやろ。世界のどこかで飢えに苦しんどる人間が大勢おるのに、自分は美味いとこだけちょこっと食ってポイ！　それでいて善人面して世界平和とか言いやがる。そんな人間信用できるか？

ええか、人間は美味さなんか追求したらあかんのだ。そのうち味覚が麻痺してきて、もっと美味いもんを食わな満足できんようになる。食い物のことをとやかく言うやつは三流やぞ。食い物なんか腹が膨れりゃ何でもええんや。それよりいい音楽を聴け。いい映画を観ろ。面白い本を読め」

なるほど。一理ある。

しかしだからといって父は子どもたちに、出されたものを骨までしゃぶって残さず食べろ！という強制はしない。しないどころかこんなことを言ったりする。

私が苦手なかぼちゃを「父ちゃん、これ残していい？」と聞くと、

「あー、残せ残せ。うちは貧乏なんやから好きなもんだけ食え。無理して嫌いなもんを食うことないぞ。そんなもん犬にくれてやれ」

言っていることが真逆なのである。

ようするに父は、ちゃらんぽらんで、でたらめなのだ。

母に「あんた、言っとることがこの前と反対じゃない！」と突っ込まれると父は「そうか？」と照れながら苦笑いする。

でも父が言うでたらめな言葉は、単純な思いつきのでたらめではなく、不思議とどこか一貫性を感じてしまう。そんな父の変な考え方が、私は子どもながらに好きだった。

この物語はそんな「変」な父のでたらめで型破りな子育ての物語である。教育と呼べるほど立派なことを教えてくれたわけではないのだが、父の常識にとらわれない破天荒な生きざまそ

のものこそが、私という人間に多分な影響を与えたことは間違いない。

そんな私の父岡根徹和《てつかず》をモチーフに、私が幼少期に実際に父から影響を受けたエピソードの数々をベースとして、それに少しフィクションと大袈裟を加えた現代の教育業界に一石を投じる頑固おやじ流「子育て論」なのである。

あまりにも偏屈で、反面教師的に捉えられがちな父だが、その父の一見でたらめな教えの中に確かに今の日本において必要な教育や価値観があるのだ。

たとえ優等生的な教えで、いくら正しいことだとしても、実際には役に立たない理想論であっては何の意味もない。この物語を通して子育てという現実と向かい合い、正しさよりも大切なもっと生々しい生きた教育とは何かを考えてみて欲しい。


先日電車の中でこんな光景を見た。

一歳に満たない赤ちゃんを乳母車に乗せた若いお母さんが乗車して来て、向かいの席に座った。席に着くと母親が赤ちゃんをかまって乳母車を少し揺らしたりほっぺたを触ったりして、赤ちゃんが笑うという微笑ましい光景だった。

しかし間もなく母親はカバンからスマホを取り出しゲームを始めた。左手はしっかりと乳母車を掴んでいるが、意識はスマホの中だ。器用に右手の親指をすごい速さで動かしながらゲームをしている。

赤ちゃんはお母さんの顔を見ながら片手を伸ばして指を動かしている。「ママ、ママ」必死にそう叫んでいるように見えた。でも喋ることができない。母親は気づかずにゲームに熱中している。赤ちゃんには無表情で何かに夢中になっているお母さんの横顔しか見えないだろう。しばらくして赤ちゃんが「あーあー」と声を漏らす。すると母親はゲームを止め、赤ちゃんの相手をする。かまってもらって赤ちゃんは笑う。赤ちゃんが落ち着くと母親はまたゲームを始める。そしてまた赤ちゃんの無言の言葉に母親は気づかない。

ショックだった。

この母親は決して愛情の無い親ではないだろう。ごく普通の、むしろ我が子をとても大切にしている母親だと思う。しかしこの赤ちゃんにとって母親との日常のコミュニケーションにおける幼児体験はどう記憶されるのだろう。

大好きなママに一所懸命話しかけているのに、いつもママは手にした小さな機械に夢中になっている。ずっと自分を見ていて欲しいのに気づいてくれない。そんなことが赤ちゃんの潜在意識に刷り込まれトラウマになってしまわないか心配になった。

しかしこれと似た光景は、公園のベンチや街のカフェや待合室など何処にでもある。

昔の母親の方が愛情は深かったなどと言うつもりはない。これは明らかに環境の問題なのだ。

昭和の時代にはスマホやケータイなどはなく、母親は意識しなくても赤ちゃんをかまっていた。新聞や雑誌を読むよりもずっと楽しいからだ。

しかしそこにスマホゲームというとんでもないものが入り込んできた。スマホゲームは天使の顔をした悪魔のように知らないうちに人間社会に溶け込んで、そのうち恐ろしいことが始まるのではないかと私は思っている。

だからこそ子どもたちの未来に多大な影響を与える私たち大人は、現在の教育に対する問題意識から目を逸らしてはならない。その問題は自分の外にあるのではない。他人のせいにしても何の解決にもつながらない。解決できることはすべて自分の中の問題だ。自分の中にある問題を、勇気をもって吐き出すのだ。

子どもの偏差値を上げるためには熱心になるが、子どもの心の栄養には無関心な親。

心が通わないコンピューターとばかりコミュニケーションをとりながら大人になっていく子どもたち。

肉体的暴力には敏感なくせに、平気で言葉の暴力を振るう大人たち。

自分の人生を子どもに背負わせ、子どもに過度な期待をする親。

本来の使命感を失い、クレームを恐れ、サラリーマン化していく教師。

営利を貪《むさぼ》るために子どもたちをゲーム漬けにする企業。
自分の存在理由のために子どもを過保護にしてしまう自立できない親。
大人の目を逃れ、見えない形で暴力やいじめを集団で行う子どもたち。

これらの答えの無い問いにどう答えたらいいのか。型破りではあるが、主人公岡根哲和《おかねてつかず》の歯に衣着せぬ物言いが、それらを解決するための一つの答えになると私は確信している。

この物語は事実に基づいたフィクションである。フィクションを取り入れたのは、実際には父が酒を飲んだ時以外はあまりに無口だったため物語としては成立しそうにもないからだ。だから実在する岡根徹和《おかねてつかず》の価値観と精神を引き継いだ「岡根哲和」なる架空の登場人物から、本人に代わって大いに教育という観点から物申してもらおう。

果たしてこれが毒になるのか、薬になるのかは、読まれた皆さん次第である。正論で固めたハウツー本ではないので、言葉の真意を汲み取りながら読まなければただの苦い毒にしかならないだろう。しかし一見正しそうなものにこそ気をつけなくてはならない。

世の中は急激な科学技術の発展によって、恐ろしいレベルで便利になっていく反面、心が弱く貧しい人間が増えている。

マニュアルばかりに頼り、本来人間が持っていたはずの勘は鈍くなり、借りてきた言葉ばかりが世の中に溢れ、いつしか自分の言葉を失ってしまう。

物質的な豊かさに目が眩《くら》むあまり、人々は経済の奴隷となり貪るように浪費を繰り返し、精神は栄養を失って痩せていく。

人の心を蝕《むしば》む猛毒は、一見楽しそうに面白そうに可愛らしく、そして正しそうにやってくる。可愛いものや楽しいことの過剰摂取は、まるで化学調味料のようにその美味さで人を虜《とりこ》にして、ゆっくり腐らせていく。

だから毒には毒をもって制するしか方法はないのだ。世の中の薬というものは、少量の毒のことでもある。


この本に含まれた毒は、希望が持てない不安な時代にこそ必要な価値観であり、いつしか精神を鍛え育てる術を無くしてしまった現代の日本の教育に必要な、健全なる哲学である。

その毒は、無難に収まろうとする人生に疑問を投げかけ、奇人変人と呼ばれようが異端児と言われようが、自分というかけがえのない個性に誇りを持って生きるための一つの道標《みちしるべ》となるだろう。
これはもう、読書ならぬ「毒書」のすすめ！　なのだ。

第1章

子どもを子ども扱いするな

東京オリンピックから六年が過ぎ、日本は高度成長真っただ中の大阪万博が行われた昭和四十五年（一九七〇年）岡根哲和は三十五歳になっていた。岡根家のゴッドファーザーである。その風貌は親分然としたマーロン・ブランドというよりは、拗ねた目で社会を斜に構えて見ているアル・パチーノの方に似て、よく言えば一匹狼、悪く言えば群れから追い出されたライオンといったところだ。

この年哲和は、和歌山県の最南端にある那智《なち》という、山と海に囲まれた田舎町から家族を引き連れ、愛知県の岡崎市というところに引っ越してきた。

去年までは目の前が海で、裏には日本一の滝がある那智山がそびえ、ユネスコ世界遺産の熊野古道を有する大自然の中で哲和は一家六人の所帯を持ち、貧しいながらものんびりと小さな建築事務所で設計の仕事をしていた。そんなある日、幼馴染の従兄から頼まれ、少しの間だけ単身で愛知県の従兄の会社に手伝いに行くことになった。しかし少しの間という約束のはずが、半年を過ぎて気がついてみると、すでに哲和は会社の中心人物としてどっぷりと浸かっており、今さら会社を抜けられるような状態では無くなっていたのだ。和歌山に戻ったところで、悠々自適な人生が待っているわけでもなく、もともと根無し草のような人生だ。そこで急きょ和歌山に残していた家族を愛知に呼び寄せることにしたのだった。

次男の良樹《よしき》（六歳）が小学校に上がる前の年の夏のことだ。良樹の五つ上に小学五年生の長男真《まこと》（十一歳）三つ下に三歳になったばかりの長女比沙子《ひさこ》がいた。それに妻康子《やすこ》（三十四歳）と、妻の母スイ子（五十六歳）を合わせて六人家族と拾ってきた犬一匹だったが、その翌年には末娘の和実《かずみ》が生まれ七人家族というそこそこの大所帯になる。

引っ越して来たところは愛知県岡崎市の矢作《やはぎ》というこちらものんびりとした小さな町だ。東海道五十三次にも出てくる大きな川が、この三河の地の歴史を物語るかのように悠然と流れていて、静かで美しい町だった。そしてその川にかかる長い橋を超えると、徳川家康が生まれた岡崎城のある少しだけ華やかな城下町が広がっていた。

つまり日本中どこにでもある平均的な田舎町だ。

テレビからは三波春夫が「こんにちは～♪　こんにちは～♪　世界の国から～♪」と大阪万

博のテーマソングが流れ、日本中が輝かしい未来に期待を寄せて活気づいていたが、世の中はまだまだ貧しかった。

映画『ALWAYS　三丁目の夕日』をイメージしてもらえればいいだろう。その時代よりも少し近代化していたものの、町にはまだあちこちに空き地があった。子どもたちは秘密基地を作り、缶蹴りやメンコやビー玉で遊び、夕方になると豆腐屋がラッパを吹いて豆腐を売りに来ていた。町にはまだ下水が整備されておらず、どこの家でもトイレは汲み取り式のポッチャン便所だったし、ガスもプロパンガスだった。

カラーテレビはかなり普及していたが、まだどの家にもクーラーなどはなく、夏は扇風機、冬は石油ストーブが当たり前。岡根家には扇風機すらなかったので、夜は蚊帳を吊って雨戸や障子を開け放して寝ていたが、風のない蒸し暑い真夏の夜は最悪だった。

さらに夏には、ハエ取り紙なる恐ろしいものが天井から数本ぶら下がっていた。このハエ取り紙というものは、まさしくハエを取って駆除するための当時としては画期的なアイテムだった。しかしとにかく見た目が恐ろしい。強力な両面粘着テープが天井や鴨居などから五、六十センチほど垂らされ、そこにハエや小さな昆虫が大量にくっついているさまは、安っぽいホラー映画より恐ろしかった。

冬は冬で今のようにサッシなどはまだ発達しておらず、どこの家庭でも隙間風がひどいので、眠る寸前まで家族全員が茶の間の炬燵《こたつ》で子だくさんの猫のようにくっついていた。

中でも岡根家の貧乏は群を抜いていた。以前住んでいた那智の家も相当古い家ではあったが、今度の家は驚くようなオンボロの借家で、なんと家が倒れないようにつっかえ棒をしていたのだ。

これは当時としてもかなりひどく、当然雨漏りはするし、鍵はかけても意味がないし、畳や床が腐って抜け落ちそうな所もあった。

最も怖い場所はトイレで、裏口の外廊下を進んで行くのだが、すでにその廊下の板が腐っており、踏んではいけない場所というのがあった。この家以外の人間では間違いなく床下に落っこちてしまう忍者屋敷そのものだった。実際哲和自身、自分の家を化け物屋敷と呼んでいた。

良樹が中学生の頃、学校の女子たちが日替わりで放課後になると良樹の家の前に来てたむろしては、ひそひそとお喋りをしていた。良樹がひょいと顔を出すと、「きゃっ！」と言って女子たちは逃げていく。「俺もそうとう人気があるんだな」と一人にやけていたら、後でわかったことなのだが、実は女子たちの間で今どきマンガのようにつっかえ棒をしている貧乏な家が本当にあるということが話題になって順番に見に来ていたらしい。

ある意味注目の的になっていたわけだが、人気というよりは、笑い話のネタとしての人気で、抱かれたくない芸能人ベスト10というそれに近かった。

しかしそんな廃屋同然の岡根家の茶の間の薄汚れた壁には、カレンダーや画集を切り取ったものではあったが、ゴッホやシャガールやモディリアーニやユトリロといった有名画家の作品が飾られ、ちょっとした美術館のようであり、いくつもの本棚には百科事典や図鑑や、少年探偵団シリーズ、怪盗ルパンシリーズ、芥川龍之介、夏目漱石、遠藤周作から世界名作文学集、さらにはドストエフスキーやニーチェに至るまで揃っていて、さながら公民館の図書室のようだった。

またステレオの棚にはクラシックやシャンソンやポルトガル民謡や南米のフォルクローレのレコードがずらりと並んでいたり、おまけに何故か顕微鏡や天体望遠鏡まであり、さらには中古だがピアノまであった。

ピアノはいらないから、せめてつっかえ棒がない家に住んだ方がいいのではないかと思うのだが、すべて主である哲和の「必需品より嗜好品を優先させる」というこだわりだった。

長男の真が中学生の頃、友達から借りてきたビートルズのレコードをステレオで聴いていると、いきなり哲和が怒鳴り込んできた。

「やめろ！　やめろ！　耳が腐る」と言って勝手にステレオを止める。「しまえ」と言われて真は渋々レコードをジャケットに戻した。

「ええか、本当の音楽を聴かせたる」と強制的に哲和が自分の好きなクラシックのレコードをかける。

「何でこんな大人の音楽聴かなあかんの？　父ちゃんは嫌いかもしれんけど、子どもは子どもの好きな音楽でええやんか」真は必死に反発する。

「あかん。子どもが読む本とか、子どもが聴く音楽とか、そうやって大人と子どもの間に境界線を引いたらあかん。子どもだからマンガしか読まんなんて言っとるやつは、大人になったってマンガしか読まんぞ。大人も子どもも関係ない。子どもでも難しい本を読め！　いい音楽を聴け！」

「でも友達だってみんな聴いとるよ。何でビートルズはあかんの？」

「あかんと言ったらあかん。そんなのは音楽やない、耳が腐ってくる」

「そやけど俺だけ仲間外れになるわ」

「あーなれなれ！　そんなことで仲間外れにするやつは友達やない。仲間外れでけっこう！」

仲間外れになるのは哲和ではなく真なのに何が「けっこう」なのかもう無茶苦茶なのである。

しかし中学生の真が、哲和の屁理屈に敵うわけもなく、真は仕方なくそのクラシックのレコードを黙って聴かされるのだった。

それ以来真はビートルズを諦めてクラシックのレコードを買うことになった。理不尽さはあったものの結果的に真はクラシックの素晴らしさに目覚め、高校生ですでにマニアと呼ばれるほどクラシックに夢中になっていた。

そしてそんなやり取りをずっと見ていた良樹はといえば、次男らしく無駄な抵抗はせず、はなから家にあったレコードだけを聴くことにした。その結果良樹は、ケーナが奏でる『コンドルは飛んで行く』に酔いしれ、アマリア・ロドリゲスの歌うポルトガル民謡に心を震わせ、バイオリニストのハイフェッツが演奏する『ツィゴイネルワイゼン』に悟りを求める、そんな小学生になっていた。その界隈きっての変な兄弟であった。

ある意味これは情操教育では？　と思うかもしれないが、そんな大層なことではない。その証拠に哲和は、さだまさしの家のように、貧しいながらも金を工面してバイオリンを習わせたりはしなかったし、クラシックのコンサートでさえただの一度も連れて行くことはなかった。

つまり単純に我が子であろうと誰であろうと自分の周りで腐った音を流すことは許さん！ということなのだ。

一見めちゃくちゃな親のように見えるのだが、実はそうでもない。いや、むしろ真似しようとしてもなかなか真似できないことがある。それは子どもを子ども扱いしていないということだ。

哲和は、腕相撲だろうと将棋だろうと相手が子どもであっても決して手を抜くことをしない。子どもを殴るときもそうだ。容赦のないげんこつが飛んでくる。しかし娘の比沙子は一度も殴られたことがない。いつか良樹が、何故妹は殴らないのかと尋ねると、哲和は「俺は、女は殴らん」とだけ答えた。

子どもだからではなく女だから。そういえば確かに母親が殴られているところを良樹は一度も見たことがなかった。怒り出すと鬼のように怖い哲和なのに「女は殴らん」という哲学は貫いていた。

その言葉を聞いて良樹は殴られることがちょっと嬉しくも思えた。何故なら自分のことは子どもではなく、一人の男として認めてくれているのだと思ったからだ。

女は殴らん、ということは男だから殴る。そうか、俺は男だから殴られるのか。よし、明日も殴られるぞ！　と、少々能天気なところがある良樹だった。

子どもを子ども扱いしないといえば、哲和は「危ないからやめなさい」とか「まだお前には無理だ」という言葉を子どもに一度も言ったことがない。

まだ学校にも行っていない幼い良樹が、ナイフで何かを切ろうとしたり、花火に自分で火をつけると言っても「おう、やってみろ」と二つ返事で答えていた。

「危ないよ！」と言う祖母スイ子の声を打消し「ちゃんと手元を見ながらやればできるぞ。怪我したってええからやってみろ」とむしろけしかける。しかも怪我することは大前提なのだ。

「でも怖いわ」と良樹が言っても「あかん、怪我したってたいしたことない。死ぬわけやないからやってみろ」と一歩も引かない。もし、テレビドラマに出てくる気取った教育ママゴンが聞いたら「まあ！　なんてことを言うざますか！　信じられないざます！」という場面である。

怪我はしないに越したことはないのだが、実際怪我をすることが悪いのではない。怪我をしたことを悲観したり、後悔し続けることが人生において悲しいことなのであって、たとえ怪我をしたとしても自己責任において良しとして、前向きに進んで行けるのならば問題はない。

このように岡根家には「子どもだからダメ」というものがない。調子に乗って良樹が「じゃあ、お酒飲んでもいい？」と尋ねると「ああ飲め飲め」という始末である。

まったく常識が通用しない。

しかし、「子どもだからダメ」がないということは「子どもだから許される」ということもない。これが重要なことなのだ。

この時代、怪我をしたときに塗る薬として「赤チン」「マキロン」「ヨーチン」の三種類が代表的だった。赤チンやマキロンは優しい消毒液で痛みはほとんどないが、ヨーチン（つまりヨードチンキのことなのだが）これを傷口に塗るとものすごく痛い。例えて言うなら、焼いたコテを肌に直接当てるくらい痛い。（少し大袈裟かもしれないが）大人でも悲鳴を上げる。しかし治るのもダントツに速い。

普通どこの家庭でも子どもは赤チンか、ちょっとしゃれた家ではマキロンだったのだが、岡根家では哲和が「そんなもの効くか！」と赤チンやマキロンは一蹴され、子どもであろうと誰であろうと傷口にはヨーチンなのだ。

痛みに強いのか、負けず嫌いなのか、真はヨーチンを塗られても声を上げることはなかったが、痛みに弱くて大袈裟な良樹は、ヨーチンを塗られるたびに泣き叫んでいた。それを見ていた比沙子は、転んで擦りむいても水で洗ってつばだけ付けて、決して擦りむいたことは誰にも言わなかった。

何をやってもいい代わりに、怪我をしようが損をしようがすべては自己責任なのだ。そして悪さをすればもちろんぶっ飛ばされる。

子どもだからという理由で、ナイフやハサミを取り上げる。子どもだから残酷で怖い本は読んじゃだめだと、代わりに可愛らしい絵本を買い与える。子どもがやったことだからと、犯した罪を軽くする。

そうやって大人たちが、勝手な価値観で大人と子どもの間に境界線を引く。

本当に子どもは子どもという、大人とは違う別の生き物なのだろうか。しかし保護され過ぎた子どもは結果的に過保護という病に侵された別の生き物になる。

哲和が生まれたのは太平洋戦争が開戦する六年半前の昭和十年五月（一九三五年）、満洲国新京市郊外の寛城《かんじょう》市というところだ。

日本は、一九三一年の満州事変によって日本軍が占領した現在の中国東北部に満洲国という理想の国家を作り、多くの日本人を移住させた。当時日本では昭和恐慌が起こっており、その解決策の一つとして推進されたのが、日本人五百万人を満洲国へと移住させる計画だった。

その多くは、農地開拓のための農業従事者であったが、哲和の父朝彦《あさひこ》は、満洲国における飛行場建設のための技術者として満洲に渡った。

そして、哲和はその地で生まれた。

満洲国の中心都市、新京の郊外にある「寛城子《かんじょうし》」というシベリア鉄道の終着駅がある町だ。そこは移住してきた日本人だけではなく、中国人や朝鮮人、またロシア革命によって故郷から逃げてきたブルジョアの白系ロシア人たちも住んでいた。日本人しかいない新京とは違って、言葉も食べるものも考え方も宗教もまったく違う、多民族の集落だった。

毎年十月の中ごろには初雪となり、翌年の五月の雪解けになるまでは、木々も道路も屋根もすべてが凍りつき、白一色の氷の世界だった。冬の常温はマイナス二十度以下である。濡れたタオルを振り回せば、一瞬にして氷の棒となる。

哲和の独特な人生観は、彼の満洲での幼少期の体験と切り離すことはできないだろう。人間にとって一番安心を必要とする幼少期がまさに激動の時代であり、小学校へ行くか行かないかの年に戦争が始まり、その翌年には母親が病死してしまう。昭和十八年、哲和が八歳のときだ。

亡くなった母の枕元に座って、声も出さずに、まるで生け花でも眺めるようにその死に顔に見とれていると、哲和の周囲から音が消えていき、やがて静寂が訪れた。何だかまったく別の世界へ突き落とされたまま、立つことも動くこともできずにいると、不意に誰かに腕を掴まれて引っ張って行かれたことだけを覚えている。

まだ一歳にも満たない三男の弟が、その翌日母親を追いかけるように死んで行った。

父親の朝彦は、終戦になる一か月前に第二国民兵として戦地に赴き、そのまま行方不明となる。

満洲という地で、突然両親を失ったまま、哲和は次男である二つ下の弟を抱え、昭和二十年に敗戦の日を迎える。哲和は十歳になっていた。

敗戦を境に郊外では中国人による暴動が起きた。日本人に侮辱され制圧を受け続けたことへの恨みが一気に爆発したのだった。報復のために日本人を見つけると、老人でも女や子どもでも容赦なく襲いかかる。突然満洲国は無政府状態となり、憲兵、兵士、警察までもが忽然と町から消え失せ、哲和たち民間人は見捨てられ棄民となった。

十歳の少年には受け止めきれない現実がそこにあった。戦争中は、日本本土よりも安全で食べるものにも不自由することなく、むしろ中国人たちよりもずっと裕福に暮らしていた満洲国の哲和たちは、八月十五日を境に突然すべてを剥ぎ取られ、人間の皮を被った猛獣の檻の中に放り込まれたのだ。

頼るものもなく、守ってくれるべき人間も去り、残された者たちはただイワシの群れのように日本人同士で塊になって生きていくしかなかった。

「関東軍は『女、子どもはわしらが守ってやるから安心して暮らせよ』と豪語していたくせに、真っ先に逃げ出すとは何事だ！　わしらを捨てて自分らだけが助かって、兵隊というのはそういう人間か！」

誰かが叫んだ悲しい怒声がいつまでも哲和の耳の奥に残った。

生き地獄だった。一部の偉い人間たちが始めた戦争に巻き込まれ、ある日無条件に地獄が始まった。

中国人に連れ去られた日本人は、二度と戻ってくることはなかった。噂では、家族を日本人によって殺されて恨みを持っている中国人が、犯人らしき日本人を見つけては復讐しているのだという。そしてすぐに殺すのではなく、何日もかけてじわじわと殺していくのだと。

幼い哲和は心に決めた。この先、生きていくにはもう大人も子どももない。誰かが食べさせてくれるわけでも、守ってくれるわけでもない。頼るものもなければ、信用できるものもない。今日からは自分の力で何とか、どんなことをしてでも、幼いこの弟と共に生き延びなければ……。

哲和の幼少時代は、こうして子ども扱いどころか人間扱いさえされない環境の中で生きていくことを強いられたのだった。

それから哲和は一年以上もの間、殺気立った満洲の地で幼い弟の手を引いて、飢えと戦いながら家畜の飼料だった高粱《こうりゃん》や大豆油の搾りかすなどで食いつなぎ、ときには盗んだまんじゅうを売りさばいて生き続けた。

やがて一年以上が過ぎた昭和二十一年。当時、新京で天理教の教会長をしていた親戚の人たちの手を借りて、その年の引き上げ船でなんとか弟と共に生きて帰国することができたのだ。一歩間違えば、戦争孤児としてあのまま中国の片隅で消息を絶っていたとしてもおかしくはなかった。

良樹が、十歳になったある日のこと。哲和は自分が終戦を迎えた十歳のあの日のことを思い出しながら良樹に尋ねた。

「良樹、何年生になった?」

「俺? 四年生やで」

そう答える良樹の顔をじっと見た後、哲和は続ける。

「ええか、良樹。大人と子どもの違いは体の大きさと、知識の量と経験値の違いぐらいや。一番大事な人間の価値観、つまり心の根っこは十歳の頃と変わっとらん。大人になっても子どものときと同じや」

「ふうん、そうなんや」

「せやから子どものときに作られる価値観が大事なんや。過保護に守られとったら人生の価値観を間違えるぞ。

一生動物園で暮らせるなら守られとってもええかも知れんけど、いつか檻から出なあかんのやったら、初めからジャングルの中で育たなあかんぞ。危険の中でも生きていく力を身につけておくんや。

せやから子どもからナイフを取り上げたらあかん。ちゃんと使い方を教えてやればいい。お前だって一年生のときからナイフで鉛筆削っとっただろ」

「うん、今でもナイフで削っとるよ」

「それでええんや。子どもだって大人と同じもん食えばええし、大人が読む難しそうな本を読めばええし、一人で旅に出たってええ」

「難しい本って、例えばどんな本読んだらええの？」

「そうやな、カフカの『変身』とか、オスカー・ワイルドの『ドリアン・グレイの肖像』とか、矢野健太郎の『数学物語』とか面白いぞ」

「ほんまに難しそうやね。わかるかなあ」

「わからんでええんや。わからんからわかろうとするんやろ。それがええんやぞ。子どもやからといって、わかりやすいものばっかり読んどったらあかん。

だいたい子どもを子ども扱いする親ちゅうのは、自立できとらん無能な人間なんやぞ。親であることだけが自分の存在価値やから、子どもに成長されたら困るんや。せやから手とり足とり何でもしてやって、難しそうなものは遠ざけて、ずっと子どものままでいさせようとするんやぞ。どうや、恐ろしいやろ。

子どもは親に依存、親は子どもに依存、そういう奴らはな、何かあると全部人のせいにしよる。それが一番あかんのや。いいか良樹、人生は全部自分の責任で生きて行けよ」

「じゃあ、この家がおんぼろなのは誰の責任なん？」

「俺はこの化け物屋敷が気に入っとる。お前が嫌やったら一人で出て行けばいいんやぞ」

「そんなのは嫌や」

「せやったら、このおんぼろに住んどるのはお前の責任や」

「どういうこと？」

「そういうことや」

そんななぞなぞみたいなやり取りに釈然としない良樹は、自分のせいにされるのはたまったもんじゃないと、なんとか妹のせいにできないものかと考えるのであった。

第2章

変なことをしろ！　変人であれ

「哲ちゃん、電話よ」

「ああ?　何処から?」

「会社に決まっとるやないの」

「頭が痛いから、休むと言うといてくれ」

「もうほんまにしょうがない人やね」

哲和と妻の康子の会話である。康子は哲和のことを大阪なまりで「哲ちゃん」と呼ぶ。

哲和が深夜遅くまで飲み過ぎた日の翌朝は、決まってこんな感じだ。まるでずる休みをする小学生とあまり変わらない。

哲和は決して真面目な人間ではなく、かといって不真面目というわけでもなく、言うなれば非真面目というのがしっくりくる人間だった。大酒飲みではあったが、パチンコをはじめ一切の博打をすることはなく、でたらめなところはあったが、卑怯なことは絶対にしなかった。

会社というのは従兄の永野満茂《みつしげ》が経営している建築設備会社のことだ。

そもそもこの岡崎という地に引っ越してきた理由も、その会社で働くためだった。

満茂は母方の親戚で、やはり満洲で哲和と同じ年に生まれ、親友であり、悪友であり、兄弟のような関係であった。遊びから喧嘩からスポーツまで、そしてまたこの仕事でも生涯を通じてつき合うことになる、こちらもまた豪快で海賊のような男だった。


康子が申し訳なさそうに謝って電話を切る。

哲和はそれからたっぷり朝寝をした後、昼前くらいに起き出してきて
「あー腹減った。康子、何か作ってくれ」と言って茶の間の炬燵《こたつ》の定位置に座って煙草に火をつける。晩飯は食わない男だから、そりゃあ腹も減るだろう。

「冷ご飯か、インスタントのラーメンしかないけど」

「ああ、じゃあ焼き飯にしてくれ」

「焼き飯ね。わかった」と返事して康子は焼き飯を作る。しかし岡根家の焼き飯とは、本当に冷や飯をただ焼いて塩と胡椒を振りかけるだけなのだ。いくら貧乏とはいえ、ネギぐらいはあっただろうに、さすが哲和という変わった男と結婚するだけあって、康子も相当いい加減な女で

あった。

その哲和は、目の前に出された焼いただけの飯を美味いとも不味いとも言うことなく、ただ黙ってがつがつと食べ、食べ終わると「おい、酒くれ!」という始末である。

するとさすがに康子も堪忍袋の緒が切れて、

「あんた、ええ加減にしなよ! 毎日飲んだくれて。今日はマコの学校の先生が家庭訪問に来るから、昼間っからお酒なんか飲んどったらあかんよ」と睨《にら》みつける。マコとは長男真《まこと》のことである。転校してきたばかりなので、先生が気遣って学校の様子を伝えに来てくれるというのだ。

「先生⁉ 何時に来るんや?」

「今日は土曜やから、お昼過ぎには来るって聞いとるよ。あんたもおるんやったらちょうどええね」

「げ、勘弁してくれ! じゃあしょうがないから散歩でも行くか」

哲和は学校の先生、お医者さん、弁護士、政治家の大先生……とにかく先生と名のつく職業が大の苦手であった。

「康子、散歩に行くから金くれ」

「何言うとるの。お金なんかあるわけないでしょ。何で散歩するのにお金がいるのよ。それやったら家におったらいいでしょ」

「あかん、あかん。ほんなら先生追い返したってもええんか？」

「ええわけないでしょ。何馬鹿なこと言うとるのよ」

「引き出しに五千円あるやろ」

「あれはあかんよ。今月のおかず代でしょ」

「まあええから、残ったら返したるから」

そんな夫婦のやり取りを三歳の比沙子が、ぴょんちゃんという名の、きっと元は白かったであろうタオル地でできたウサギのぬいぐるみをしゃぶりながら黙って見ている。

「良樹はどこにおるんや？」手持ち無沙汰な哲和は、良樹を散歩に連れ出そうとする。

「縁側で遊んどるやろ」

本来なら良樹は六歳なので、幼稚園か保育園に行っている年齢なのだが、三歳の比沙子と一緒に一日中家で遊んでいる。「和歌山から引っ越して来てあと半年もすれば小学校だし、手続きも面倒だし、自分も専業主婦だから、良樹は保育園をパスして小学校からでいいか」と、能天気な康子は考えたのだ。実際良樹は和歌山の保育園でも問題ばかりを起こしており、迎えに行くと決まってお仕置き部屋という昼寝用の布団部屋に隔離され、閉じ込められていたので、事実上良樹は保育園に行ってても行かなくてもたいした違いはなかった。

「良樹、何しとるんや？」

縁側で一人で遊んでいる良樹に哲和が声をかけた。

「絵描いとるよ」良樹が答えると
「そうか、どれ、見せてみろ」と哲和は良樹がクレヨンで描いた、へんちくりんな絵を手にして言った。

「ほおお、上手いやないか、たいしたもんやな」

「ほんと⁉」

「よし、じゃあちょっと俺にクレヨン貸してみろ。本当の絵の描き方を教えてやる」

と、またしても親切の押し売りが始まる。哲和は良樹の赤いクレヨンを手にすると、自分も縁側に腰掛け、いきなりクレヨンに巻いてある紙の部分をビリビリと破り捨てた。

「あ、何するの！　お父ちゃん！」

「ええから見とれ！」とだけ言って画用紙に描き始める。クレヨンの腹の部分を紙にこすりつけてその後自分の親指と人差し指や手のひらで擦り付けたり、伸ばすようにしたりしてクレヨンを紙になじませていく。さらに茶色いクレヨン、黒いクレヨン、白いクレヨンと大事なクレヨンの紙は次々に破られ、哲和の指はいろんなクレヨンの色で染まっていく。

「ええか、クレヨンっていうのはな、こうやって指や手のひらを使って描くんや」

確かに絵を描いているさまはプロのようだった。

良樹は大事にしていたクレヨンをぼろぼろにされたことに腹を立てるよりも、哲和の真剣な様子に圧倒され、ただ完成していく絵に見とれていた。

でき上がったのは真っ赤に燃えているような一本の大きな木だった。

「お父ちゃん、これ何?」

「そこの庭の木や」満足げに答える哲和だったが、そこにあるのはどう見ても緑色の木だった。

「え、何で赤色なん?」きょとんとしながら良樹が尋ねる。

「赤色やとあかんか?」

「だってあの木は緑色やで」

「そうか」

「そうや。緑や!」今度は良樹が得意そうに答えた。

「赤い木は変や!」

「変なのはあかんか?」

「え?」

「変なのは何であかんのや?」

「え?」

「せやから何で変やとあかんのや、って訊いとるんや」

まるで親と子の会話が逆である。よく子どもが執拗に「何であかんの？」と訊くが、哲和の方が良樹に何であかんの攻撃を始める。

「だってあの木は緑やもん」

「そやけどな良樹、緑色で書いたら普通の絵になるやろ。普通はつまらんぞ、普通の方があかん」

正直まだ六歳の良樹には何を言っているのかよくわからなかった。

「普通とかみんなと一緒とかいうのが一番だめなんやぞ。普通でいいんやったらお前じゃなくても誰か他の奴でもええやろ。お前がお前であるためには、人と違う個性が必要なんや」

「でも、変なのは嫌や」

「じゃあ、どんなのがええんや？」

「上手なのがええわ」

「上手って何や？　そっくりに描くってことか？　上手にそっくりに描きたいなら、写真をなぞればええやろ。せっかく絵を描くなら、普通に描いてどうするんや。もっと自分の感性を大事にせえ。ええか、感性なんていうのは変でなくちゃあかん。ピカソを見てみろ。変な絵を描いとるやろ。変というのはな、普通じゃない、特別っちゅう意味なんや。俺にはな、あの木が真っ赤に燃えとるように見えるぞ。

そっくりで上手な絵やないけど、心にぐっとくるいい絵を描いたらええんや」

よくはわからなかったが、哲和の熱のこもった話と迫力のある絵を見て「父ちゃんはかっこいい」と思った。小学校にもまだ通っていない良樹にピカソの絵のことがわかるわけもないのだったが、しかし確かにピカソがキュービズムという画法を編み出すきっかけになったのは、写真の技術の進化のせいで、写実的な絵の未来に限界を感じたことだそうだ。いずれにしても幼い良樹にとっては、まさに衝撃的な体験であった。

「それからな良樹、遠くのものは小さく見えるやろ」今度は遠近法のことまで語り出した。哲和は調子に乗ると引き際をなくしてしまう。結局何でもやり過ぎてしまい、いつも後悔することになる。

するとそこへちょうど担任の先生と一緒に真が帰ってきた。

それに気づいた哲和は、

「あ、いかん。良樹、散歩に行くぞ！」と、慌てて逃げ出す。

「あ、岡根君のお父さんですか。私は担任の稲垣……」

「あ、いや、ちょっと出かけるところで、おーい、康子！　先生やぞ！」

「あ、ちょっと岡根さん！」

哲和は呼び止める先生を振り切って、良樹を表に連れ出してその場を立ち去った。

「お父ちゃん、どこ行くの？」

「ああ、じゃあ喫茶店にでも行くか」

「やったあ！」

パチンコをやらない哲和が時間を潰せるような場所もなく、かといって本当に散歩などするはずもなく、結局駅を越えたところにある喫茶店に入る。

「何頼んでもええの？」と良樹が言うと
「おう、何でも好きなもん頼め」と、お金に余裕もないくせに外に出るとやたら気前が良くなる哲和。

ウェイトレスが来ると良樹が「チョコレートパフェ！」と目を輝かせて叫び、哲和は「お酒ちょうだい」とメニューも見ずに言う。

「お酒ですか？　ビールならありますけど」と答えるウェイトレスに
「ビールはあかん。あれは酒やない。あんな炭酸ジュースみたいなもの……」とここでも変な講釈がまた始まるのだった。

結局酒は諦め、渋々コーヒーを頼んだ。

帰りは帰りで、手ぶらで帰るのもばつが悪いのか、ケーキ屋でショートケーキを買って帰る。

普通は先生が来る前に買っておくものだが、普通ではいけないと言っている男だからしょうがない。結局今月のおかず代がショートケーキになってしまい、また康子に叱られるのであった。

確かに父は変人であり、またその変であることを誇りにすら思っている。

そんな父に憧れて育った良樹が、その影響を受けないわけがないし、普通に育つはずがない。

よく「曲がったことは嫌いだ」という人がいるが、良樹は曲がったことの方が好きだ。良樹の人生も道草ばかりで、まっすぐ進めば簡単に済むことも、わざわざ曲がって進んでいく。無難なことが大嫌いで、危険な香りがすることが好きだ。もちろん危険な薬物のことなどではない。

「良樹、人生はな、面白いかどうかが大事やぞ。どんな結果であってもやな、面白ければ人生は大成功なんや。

人生で最優先すべきことは、成功でも儲かることでもない。むしろ人生は失敗したほうが面白いんやぞ。変な人と言われることは光栄に思え」

「うん、じゃあ俺変な人になる！」

「ええか、『変なことをするな』って大人が子どもによく言うやろ。そんな言葉を繰り返し聞かされ続けとったら、子どもたちは変なことができんようになるやろ。それはとんでもないことやぞ。

『平凡な人生が一番いい』なんて言う奴がおるが、世の中すべて平凡な人間しかおらんかったらこんなに人類は発展しとらんぞ。その昔、誰かが遠く離れた人と話がしたいとか、鳥のように空を飛んでみたいとか、宇宙に行ってみたいとか、バカバカしい変なことを言ってやな、変なことに挑戦し続けてくれたおかげなんや。

そんな大変な人生は誰かに任せて、自分は何の苦労もない平凡な人生がええなんて、本当に勝手な話やとお前思わんか？」

「そやね。俺も変な人になりたい！」

「良樹、変なことを考えろよ。変なことを言い続けろ。変なことをやり通せ！」

「わかった。どんどん変なことやる！」そう言うと良樹は奇声を発しながら家に向かって走り出した。

調子に乗って良樹をけしかけたものの、能天気な息子の様子を見て哲和は一抹の不安を感じた。

「ただし、人に迷惑を掛けるような変なことはあかんぞ！　それはあかん！」

そんな哲和のセリフが良樹に届いたかどうかは定かではないが、確かに人に笑われたとしても馬鹿にされても、人が悲しむのでなければ変なことをやり続けることは大切だ。

坂本龍馬も野口英世もアインシュタインもエジソンもガンジーも、本当はみんな変人だった。決して普通で平凡で無難な人生ではなかったはずだ。

哲和曰く。

子どもには、都合よく書き換えられた偉人の伝記を読ませるよりも、変な道に逸れないように安全なレールを敷いてやることよりも、「変な人だと思われても挫けないで信念を貫け」と言い続けろ。

「偉人」とは「異人」

普通とは異なる人生を歩んできた変人のことなのだ。

第3章

粋に生きろ！　やせ我慢という美学

昭和四十年代、それまでおやつはたいがい手作りのものだったのが、次第に十円玉を握り締めて駄菓子屋に集まり、チロルチョコレートやベビースターラーメンやくじ付きの飴などを買う子どもが増えてきた。しかし岡根家ではそんな贅沢は許されず、おやつといえば蒸かした小麦粉のパンに砂糖をかけたものや、パンの耳を油で揚げて、これまた砂糖をふりかけたものや、何もなければ梅酒を作る氷砂糖か、お歳暮でもらった角砂糖などをかじるのだった。

ようするに甘ければ何でもいいのだ。

岡根家の子どもたちはよく学校帰りに花の蜜を吸った。赤い花、たぶんサルビアだ。ときどき蟻も一緒に吸い込んでしまうのが難点だったが、暗闇の中で一瞬だけ明かりが灯るような、そんな甘さだった。

だから何を思ったのか、哲和がある日突然買ってきた『レディボーデン』という超高級なアイスクリームを食べたときは、大袈裟にではなく、気絶するくらい美味かった。暗闇の中に突然千ワットの明かりが煌々と輝き続ける美味さだった。

今この時代、気絶するくらい美味いものってあるのだろうか？　少なくとも私はあれ以来、食べたことがない。一貫数千円もする寿司にしても、どこぞから取り寄せたフォアグラやトリュフにしても、確かに美味いのだが気絶はしないし、そうかと思えば、百円の回転寿司だって結構美味い。

美味さとは絶対的ではなく相対的なものではないだろうか。確かアインシュタインもそんなことを言っていたような気がしないでもない。

当時は、日頃からろくでもないものばかり口にしていたおかげで、今から思えばちょっとしたものが味覚の天井を突き破って、経験したことのない幸福をもたらしてくれた。

間違いなくあの日、小さなバケツに入ったボーデンは、レディの名の如く白よりも深く高貴なお月様の色を発し、天国にしか咲かない花の香りを放っていた。

岡崎に引っ越した翌年には次女の和実《かずみ》が生まれ、岡根家は七人家族になり、さらに貧乏度は増していった。晩御飯のおかずはいつも乏しく、毎日のように白菜を食べた。すき焼きだろうが水炊きだろうが、鍋料理の主役は事実上白菜だ。また、おかずが乏しいときには、ざく切りにした白菜に生卵を一つ落とし、マヨネーズと醤油をかけ、それをかき混ぜて食べた。そして最後に残る卵味のつゆを兄弟で奪い合ったりした。何とも貧乏たらしい話なのだが、それをご飯にかけると実に美味いのだ。

缶詰のサバの柔らかくなった背骨も兄弟で奪い合ったし、鯛の目玉や豚肉の脂身も、今の時代では考えられないばかばかしいようなものをよく奪い合った。

つまり岡根家には中間というものがない。おやつが普通の駄菓子屋で売っているアイスキャンディやチョコレートではなく、氷砂糖か花の蜜か、高級アイスクリーム。朽ちかけた家に天体望遠鏡やピアノ。ほどほどなものはなく、最低か最高、オールオアナッシング、メリとハリ。そもそもそれが哲和という男の哲学だったのだ。中途半端な裕福より、九割貧乏で一割贅沢。物質的なものは三流でも、精神は一流であれ。

哲和は、まるであばら家に住んで冷や飯を食って、蛇《じゃ》の目傘を張りながらも、ときどき悪人を退治する浪人侍のようなところがあった。

もちろん当時は、家族で外食なんてとんでもない贅沢なのだが、月に一度だけ外食に出かける日があった。

行先は決まって川を越えた隣町にある中華料理屋で、田舎の割には結構高級な店だった。するとメリハリ侍は「よし、お前ら何でも好きなもんを頼めよ！」と決まり文句を言うのだ。

そこでは決してラーメンや、チャーハンといった庶民的なものを頼むことは許されず、ふかひれのスープや、エビチリ、春巻きに餃子に八宝菜や肉団子……と、一品料理のごちそうが次々に並べられる。さらに子どもたちはジュースも飲み放題なのだ。

「父ちゃん、餃子もっと頼んでもいい？」という良樹に「良樹！　あんた、春巻きまだ残っとるでしょう。それ食べてからにしなさい」と康子が口をはさむのだが、

「ああ、食いたくないものは残せ。中国じゃあ残すのが正式なマナーなんや。何でも好きなだけ頼め」と、哲和は海賊の親分かのように気前よくふるまう。しかしみんなにふるまっておいて、自分はかぼちゃの種かピータンしか食べない。

一人紹興酒をあおりながら、黙々とかぼちゃの種を食う。

「父ちゃんは食べへんの？」

良樹がそう尋ねると決まって哲和は、

「ああ俺は、夜は飯を食わん。酒だけあればええんや」と言い張る。

確かに父が晩飯を食べているところを子どもたちはほとんど見たことがない。哲和は毎晩決まって安酒を飲み続け、つまみはたいてい豆だ。たいがいはヒマワリかかぼちゃの種で、ちょっと贅沢な気分のときはくるみやアーモンドだった。

しかしたまに大好物の餃子を子どもたちが食べているのをじっと見ているので、あきらかにやせ我慢をしていたに違いない。その我慢は食費を節約するためではなく、「男は夜は酒だけあればいい」という哲和の美学だったのだ。

「ええか、人間は好きなことばかりやっとったらあかん。だいたい人間が好きなことっちゅうのはろくでもないことばかりや。

好きなだけ寝て、美味いもんばかり食って、遊びたいだけ遊んで、楽して儲ける、そんな生活に憧れとる奴がおるが、それが一番醜い生き方やぞ。そういう奴を野暮ちゅうんや。人間として美しく生きるためにはやな、粋でなきゃあかん」

「粋って何なん?」

「粋ちゅうのはな、やせ我慢のことや」

「へぇえ」

「時代劇の侍を見てみろ。みんなやせ我慢しとるやろ。一人だけ隠れて腹いっぱい飯を食うとる侍がおるか? おらんやろ。口をもぐもぐさせながら悪人を切れるかっちゅうんや! 自分は食っとらんのに食ったふりをしてやな、みんなに食わせるのが侍や。陰でこそこそ美味いもん食っとるのは悪代官で、最後にたたき切られるのが落ちや」

そう言いながら哲和は、満洲での幼少期のことを思い出していた。


敗戦後、中国人による暴動から逃れるために親戚の手を借りて弟と教会に避難していたときのことだ。

教会は来る者は拒まずで、次々と避難民が集まって来た。三百畳もあった祈りのための大広間も、たちまち満員になってしまった。

中には百五十日もかけて、マイナス三十度の冬の夜道を歩き続けて辿り着いた家族もいた。そのうちの一人は、凍傷で膝の上から両足を切断して、そりで引っ張られて来たのだという。

当然食べるものはなく、家畜の飼料を食べるしかなかったが、それさえも足らず、みんないつも空腹だった。

そんな中で哲和は恐ろしい光景を目にする。

しばらくしてから新しく女学生の娘と父親の二人連れが哲和たちのいる教会に避難して来た。哲和たちが割り当てられた狭い部屋にその親娘も同居することになったのだが、ある日、娘が外出して哲和はその父親と二人きりになった。すると娘がいなくなった隙に、その父親は紙袋から何か食べ物を取り出し大急ぎでむしゃむしゃと食べ出したのだ。ろくに噛まずに急いで飲み込むと、素早くまた次の何かを頬張った。

哲和と目が合うと、まるで獣が餌を奪いに来る別の獣を脅かすような目をして睨みつけてくる。「娘にさえ分けてやらないのに、お前なんかにやるわけがない！」その目はそう語っていた。十歳の哲和には衝撃的な出来事だった。ひとりむしゃむしゃと喰いあさるその姿は、哲和の心にあまりにも醜く焼きつけられた。


少しほろ酔いになりながら、家族が美味そうに料理をほおばっている姿を眺めながら、哲和は黙々と豆を食べる。

やせ我慢と引き換えに、この穏やかで温かい風景が目の前にある。

腹をいっぱいにすることより、美学を追求する男。貧しくとも卑屈になることなく、魂は一流であり続けようとする男。はたから見ればでたらめで、どこか滑稽なこだわりを持ち続ける男。しかしそのこだわりには、虚無僧の吹く尺八の音色のような、飾らない美しさがあった。


とは言うものの、一年中毎日尺八の音を聞かされる家族にしてみればいい迷惑であったことは言うまでもない。

本当に哲和は極端な人間で、何から何までが徹底して全か無かどっちかなのである。ちょうどいい頃合いというものがない。

例えばこんな具合だ。テレビはＮＨＫしか観ない。民放の歌番組やお笑い番組や、アットホームなドラマは絶対観ない。ただし時代劇だけは例外で民放でも観るのだが、ここがややこしいのだ。『遠山の金さん』や、『伝七捕物帖』、『破れ傘刀舟』は大好きなのに、『水戸黄門』は観ない。時代劇に興味のない者にとってはいったい何が違うというのだと言いたくなる。

スポーツもサッカーとボクシングと相撲以外は八百長だと言って認めず、特にプロ野球とプロレスは親の仇のごとく毛嫌いしていた。父のいない隙に子どもたちが観ていると、帰ってくるなり「消せ！」と怒鳴る。何を根拠に八百長か、八百長じゃないかを区別しているのかは謎だ。

世のお父さんたちは、巨人が勝ったの負けたので一喜一憂しながらテレビに向かって叫んでいたが、哲和は大好きなサッカーを観ているときでさえ、声援どころか声一つ上げるわけでもない。スポーツ観戦ごときで一喜一憂するような人間を蔑《さげす》んでいるのか、ただ試合を冷静に凝視するだけだった。その目つきはやけに鋭く、ようやく突き止めた犯人のアジトを張り込んでいるベテラン刑事のようでもあった。

そしてギャンブルは一切やらない。競馬はもちろんパチンコもやらないし、宝くじすら一度も買ったことがない。きっと誰かから宝くじを貰ったとしても、丸めて捨ててしまうだろう。

また、どんなに腹が減っていても自分が台所に入って行くことも、ましてや冷蔵庫を開けることもない。妻や子どもを呼びつけるか、誰もいなければただひたすら我慢して茶の間に座っている。

もちろん菓子の類や甘いものは食べないし、砂糖も一切口にしない。

喫茶店に行って食べるものがスパゲティしかないと「こんなフォークみたいなものでくるくる巻いて飯が食えるか」と言い捨てて何も食べない。しかしレンゲやスプーンで食べるチャーハンはいいらしい。何が良くて何が悪いのか、その基準があまりにも独特過ぎてよくわからない。

本当にめんどうくさい男だ。

しかしそんな父親のこだわった生き様から子どもたちは何かを感じ取っていた。特に次男の良樹は「やせ我慢」という名の美学にあこがれ、五十二歳になる今も馬鹿みたいにやせ我慢していることがいくつかある。

大好きな映画もそうだ。今でも週に五本は映画を観続けているのも、好きというよりは意地になっているところがあるし、何より「ハリウッド映画だけは観ない！」と豪語してしまったため、どんなに面白そうな映画でもそれがハリウッド映画なら観ないことを貫いている。

何故ハリウッド映画を観ないのかという理由が、明らかに偏見の極みなのだが、「ハリウッドで作られている映画は、投資家たちの儲ける道具でしかなく、ファストフードのハンバーガーと同じで、誰が観ても面白いと思えるワンパターンのレシピに、CGという化学調味料をたっぷり入れて作る、深みも栄養もないくだらない映画だ」ということなのだ。

だから人が観ることのないイラン映画やインド、ロシア、ポーランド、スウェーデンなどの世界中の珍しい映画は散々観ているくせに、あの有名な『タイタニック』はまだ観ていない。本当はものすごく観たいくせに、美学を貫くためにやせ我慢しているのだ。

まあ、そんな馬鹿な人間が一人くらいいたほうが面白いかもしれない。

べつに映画の話はどうでもいいのだが、人生においてやせ我慢する美学というものは大切である。欲望を満たすことよりも美学を追求する姿、それを粋と言うのだ。


これは、武士道の精神と共通するのではないだろうか。

とある賢明な方に、武士道とは簡単に言うとどういうことなのかと尋ねたことがある。するとその方は、

「普通、人は食べるものがないとき『食べられない』と言う。しかし武士は『食べない』と言う」と教えてくれた。

簡潔にして深い言葉だった。

『食べられない』は被害者意識であり、『食べない』は自分の意思。

本当は食べたいに決まっている。しかし食べることができないのであれば、自らの意思として「食べない」とやせ我慢する。

人生を受動態で生きるのか、能動態で生きるのか。どんなことであれ、すべて自己責任として完結するということだ。

傘を忘れて雨に打たれてしまうときも、濡れてしまうと思うのではなく、「よし、濡れていこう」と言うだけで、確かに清々しさが心に宿ってくる。

少し前の話だが、東日本大震災のドキュメンタリー番組で、津波によって何もかも流されてしまった人たちにインタビューしているものがあった。

その一つが床屋を営んでいた老夫婦へのインタビューだった。

その年やっと念願の自分たちの新しい店を持つことができて、立派な新築の理髪店を建てたばかりのときに、あの震災によってすべてを津波で流されてしまったのだそうだ。さらに運が悪いことに保険の手続きが完了する前で、一切保険金が下りないどころか、多額の借金だけが残ったという。

普通ならば失意のどん底の中で運の悪さに嘆き悲しんでいてもおかしくない状況にもかかわらず、その老夫婦は気落ちするどころか、店があった場所に椅子を二つ並べて、青空のもと被災している人たちの頭を片っ端から刈っているのだ。

もちろんお金なんかとらない。

いかにも職人気質の渋い顔をした主人にマイクが向けられる。主人は男性の頭を刈りながら、江戸っ子のような口調で、

「いやね、こいつと毎日言ってるんですよ。かえって津波で流されて良かったたって。なあ、母ちゃん」と妻に声をかける。

女性の頭を整えながら奥さんは顔を皺《しわ》くちゃにして黙ったまま、うんうんと頷く。

「あんな小さな店じゃなくて、今度はもっとでっかい店にするんだよな、母ちゃん」

ご主人の気のこもった言葉が心を熱くする。もちろんそれは、から元気だ。だから余計に胸を打たれる。

「あんなちっぽけな店、綺麗に流してもらって清々するよ。なあ、母ちゃん」

奥さんが頷く。その顔は泣いているのか笑っているのか見分けがつかなかったが、きっとその両方だろう。


テレビを観ているこちらが泣けてきた。

その状況の中で、どこからその気丈な生命力が溢れてくるのか？　それはまるで砂漠の真ん中で花を咲かせるサボテンのようだった。

何という粋な生き方だろう。

損得勘定でもなく、善悪や正しさでもなく、二人のど真ん中にある哲学は「粋」だ。

きっとこの二人は無敵だ。

この二人ならこの先どんな試練があったとしても大丈夫だ。

老夫婦の放つ黄金色の魂の輝きを受けて、へその下辺りに力が込み上げてくる。

被災していない人間が、テレビを通して被災している人間に励まされて号泣している。

人間はなんて馬鹿で、そしてなんて素晴らしいのだろう。

私はあの老夫婦に、本物の武士道の精神を見た。

やせ我慢という武士道。すべてが自己責任という武士道。粋に生きる武士道。

老夫婦のご主人の姿が、ゆっくりと哲和の姿に代わって語りだす。

「ええか良樹。勉強でもスポーツでも何かを成し遂げるためにはやな、やせ我慢が必要やぞ。自己責任において何かを犠牲にすることが交換条件ちゅうことや。

このやせ我慢と自己責任ちゅう感覚が無いのに無理やり勉強しとるとやな、途中で挫《くじ》けたときに『××のせいで自分の人生は台無しになった』とか言い出しよって誰かのせいにしたり、『こんなことならやらなきゃよかった』ちゅうて過去の自分を否定したりしよるんや」

耳の痛い話である。

「あるいはな、挫けることなく達成したとしてもやな、とたんに勉強する目的を失のうて、その反動で今まで我慢しとったもんを取り返さんと躍起になるんや。頑張ってきたヤツが一転して不良になるんは、これは本当に始末に負えん。せっかく優秀な大学に入ったのに、入ったとたん堕落して遊び狂って退学してしまう奴だっておるんやぞ。そんなのは全然粋やない」

大学を中退した人間が言っているのだから間違いない。

「ええか、目的を達成しようがしまいが、生き方の美学にこだわり続ける。これが本当のやせ我慢ちゅうんや。

美学なんやから、美しいかどうかだけが問題なんであってやな、そこに成果などを求めたらあかん。成果なんちゅう煩悩から解脱して、ただひたすら『美しさ』にこだわるんや。ほんなら成果なんちゅうもんは出るに決まっとる。

わかるか？　美しさ、ちゅうのは成果のその先にあるもんで、自分勝手な自己満足の言い訳であってはならんぞ。それこそ、そんな奴は野暮ちゅうこっちゃ」

「ようわからんわ」

哲和の話は大概わからない。

「わからんでもええから感じてみろ！　本当の美しさは痛みが伴うちゅうことや。痛みのない美しさは、自己満足のごまかしのインチキなんや」

まったく極端な考え方だが、なるほどと頷《うなず》ける節もある。哲和の言う美学とは、技を極めた職人が、決して肉眼ではわからないレベルの歪みにまでこだわるような、一切の妥協を許さない己の中の理想との戦いであり、もう一人の自分との意地の張り合いのことなのだろう。しかしこの美学にこだわらず、ただ成果のみを求める風潮が現代社会に広がっている気がしてならない。

日本酒をあおりながら、なおも哲和は語る。

「今の世の中には美学が薄れとる。商品でも作品でもこだわり貫いた粋を感じられん。妥協だらけの駄作なのにヒットしとる映画や小説や音楽が散乱しとる。本物らしく装った偽物が、それを見抜けん間抜けどもを相手に大儲けしとる。儲けることが成功ちゅうなら、そいつらは大成功者やろ。

一方名作やのに、ちっとも売れん映画や小説もあるわな。それを作ったヤツらの目的は、儲けること以上に本物であろうとすることや。

一億円払うからそのヒマワリをチューリップに描き直してくれと言われてやな、ゴッホは描き直すと思うか？　魂を売って一億円に飛びつくか？」

一億円くれると言うならゴッホだって描き直すのでは。そう思ったが、しかしそう言うのも野暮なので良樹は言葉にはしなかった。

「どちらかしか道が無い、ちゅうなら迷うことはない、俺は儲からなくても美学を貫き通す粋な人間でありたい」

例えが大袈裟すぎて、わかるようなわからないような話だが、しかし確かにそうやって呼吸を変えることなくひたすらやせ我慢を繰り返し反復しなければ、魂のこもったものが完成することはないだろう。哲和の言う美学を貫き通した本物には、一切の贅肉をそぎ落とした美しくしなやかな野生動物の肢体に似た無駄のない形が残るのだと感じた。

どんな分野であれそんな仕事をしてみたいと思えた。

しかし、哲和のやせ我慢にそこまでの教えがあったとは到底思えないが、少なくとも長男の真《まこと》は、中学生でクラシックに目覚め、難しそうな本を読み、医学に興味を覚え、誰に仲間外れにされようともひたすら勉強に励み、現役で名古屋の公立大学の医学部に入学した。決して勉強することが大好きだったわけではない。

クーラーなどない時代、真夏の気が遠くなるような暑さの中で水を張ったバケツに足を突っ込んで、汗だくになりながらもひたすら勉強を続けるその真の姿は近所でも有名だった。わざわざ遠くから教育ママたちがその姿を見に来ては感心していた。

あれは、刀をペンに持ち替えた侍の姿に他ならなかった。

良樹のハリウッド映画を観ないというやせ我慢は、どうでもいい自己満足以外の何ものでもないのだが、真のやせ我慢の方は、様々な価値のある花を咲かせ実をつけた。

医学部を卒業後医者となり、現在も名古屋の総合病院の副院長として、また現役の外科医として、今度は刀をメスに持ち替えて患者とともに病気という悪を切りさばきながら奮闘している。

第4章

受験勉強するな！ 頭が悪くなる

哲和は子どもたちにただの一度も「勉強しろ」と言ったことがない。そして父親が言わないのなら普通は母親が言いそうなものなのだが、康子もまた「勉強しなさい」「宿題やったの？」などとは言わなかった。

長男の真は、誰にも言われないのに勝手に勉強ばかりしていた。つまりやりたくてやっているのだから、さぼるということがないし、手を抜かない。仮に挫折したとしても誰のせいでもない。そして愛知県でも一、二を争う優秀な高校に入ってからも好成績を修め、とうとう現役で公立大学の医学部に合格するのだった。

しかし次男の良樹は誰にも「勉強しろ」と言われないのをいいことに、まったくといっていいほど勉強をしなかった。

そして高校は途中から行かなくなり、勝手に劇団などを立ち上げ、東京で一人暮らしを始める。さらには人に騙されて数百万の借金を十九歳で抱え、急性胃潰瘍で倒れる。同じ兄弟でもすごい違いだ。だから頭では「勉強しなさい」なんて強制的なことは言わない方がいいことはわかっていても、そう簡単にはいかないのだ。

上手い具合に真のように勝手に勉学に目覚めてくれればいいが、下手したら良樹のようにとんでもないことをやらかしてしまうかもしれないからだ。

自分の子どもが良樹のような人間になることを、なかなか親は許容できない。だから子どものために良かれと思って失敗しない人生を送るためのレールを敷いてしまう。

しかし真と良樹は進んだ道こそ違いはあるが、どちらも誰かに選ばされた人生ではなく、自分で選んだ人生だから本人たちに悔いはないのだ。たとえ道に迷おうが失敗しようが自分で何とかするしかないし、何ともならなかったとしてもそれはそれでいいのだ。人生はある程度、適当であることが必要である。

「適当」を子どもたちに教えてくれたのは母の康子だ。康子の子育てはいたって適当で、弁当一つとっても笑えるほど適当だった。

おかずはたいてい一品か二品しか入っておらず、それも朝ごはんの残り物だ。貧しいということもあるが、それよりも単に手抜きなのだ。だから比沙子や和実たちは、中学の頃から早起きをして自分で弁当を作っていた。

良樹が高校一年のある日のこと、その日は弁当のいる日だったのだが、寝坊してごはんを炊き忘れた康子は、機転を利かせて代用品で弁当を作った。良樹は学校に着いて三時間目あたりで早弁をと思って弁当箱を取り出してみると、やけに軽い。さてはお母ちゃん、弁当を詰め忘れたな？　と思いながら蓋《ふた》を開けてみると、なんとフランスパンが二切れ、ちょうど弁当箱の高さに合わせて切って詰めてある。その横にアルミホイルで丸めてあるものを広げてみるとバターが出てきた。他におかずもなくそれっきりだ。

いや、これには驚きを超えて笑うしかなかった。同級生たちも腹を抱えて笑った。いくら米を炊き忘れたからといって、育ち盛りの高校生にフランスパン二切れはないだろう。

さらに教育に関してはもう、母親と言うより陽気なホラ吹きおばさんという感じだった。

それは良樹が中学一年の国語の宿題をやっている時のことだ。

運動会の徒競走で一等賞を取る子どもの姿を描写した詩の意味についての問いで、ゴールした場面を表現した二行、

指に触れる

一片の雲

とはどんな光景なのか？　というものだった。

良樹は雲の意味がわからず康子に尋ねた。すると康子は得意げに、

「そんなの簡単よ。雲は白いでしょ。ゴールの時の白いものって言うたら、ゴールのテープのことやね。ゴールする瞬間に指先がテープに触った、という意味なんよ」と言った。

良樹はその答えに感心して、翌日の授業で張り切って手を挙げて答えた。

すると先生が突然笑い出して、

「岡根君、独創的な解釈だけど、ゴールする瞬間に手を前に突き出して走る人なんているかな？ドロボーを捕まえるおまわりさんみたいね」

そう先生が言うと、クラスメイトたちもげらげら笑い出した。

言われてみれば確かにそうだ。

正しい答えはこうだった。

おそらくゴール脇の観客席から見ていた作者の目に、ゴールする瞬間にグリコのマークのようにバンザイをした少年の高く上げた両手の指先が、まるで青空に浮かぶ白い雲に触れたかのように見えた。なるほど。その光景がまざまざと目に浮かぶ。

家に帰ってそのことを康子に話すと、康子もまた人ごとのように笑い出して、

「ほんとやねえ。そりゃあ確かにそうやね。よう考えたら、手をこんなふうに前に突き出して走っとったら、そら変やわ」とまあこんな感じで、それ以来良樹は宿題のことで康子に聞くことはなくなった。


しかしそのやり取りを隣で聞いていた哲和が口をはさむ。

「そりゃあ先生がおかしいな」

「え？　なんで？」と良樹。

「作者でもないのに正しい答えってどういうことや。どっちが正しいかわからんぞ」といちゃもんをつけてくる。

「だいたいそんな受験勉強みたいなもんには何の価値もないんや」

「ほんなら勉強せんほうがいいの？」

「勉強はしたらええけど、受験の勉強は意味がないっちゅうとるんや。意味がないどころか頭が悪くなるぞ」

「なんで？　なんで？」

「だいたい受験勉強なんてもんは、暗記するだけや。数学にしたってそうやろ。計算の仕方だけ暗記して、答えは合っとるかもしれんけど、本質的な意味は誰もわかっとらん」

「どういうこと？」

「ほんならな良樹、マイナスかけるマイナスはプラスって習ったやろ」

「うん」

「じゃあ何でマイナスにマイナスかけたらプラスになるか説明できるか？　赤字かける赤字は黒字にはならんぞ」

確かにそうなると教えられただけで、何故そうなるのかは教わっていなかった。

「マイナスの割り算も同じじゃ。だいたいマイナスをマイナスで割るってどういう意味や？」

そんなことになど何の疑問も感じたことがなかった。

「十割る五やったら説明できるわなあ。リンゴが十個あってそれを五人で分けたら一人いくつになるか。答えは二個や。じゃあマイナス十割るマイナス五は？

リンゴが十個ありませんでした。そこへ五人の人がやってきませんでした。リンゴは一人いくつ？　って、どういうことや!?」

かなり筋の通ったいちゃもんである。

「ええか、良樹。計算だけできて答えが合っとっても、その意味がわからんかったらあかん。そんなのは人間の仕事やない、計算機の仕事や。

勉強っちゅうのは考えることやぞ。何でそうなるのか、疑問を持って考えることが勉強や。

歴史でも同じやぞ。いい国作ろう鎌倉幕府とか年号だけ覚えて何の意味があるんじゃ。それより何であんな鎌倉みたいな辺ぴな場所に幕府を開いたのかを考えた方がええ。受験勉強ちゅうんは、正しい答えばかりの暗記の競い合いや。そんなことに頭使うとったら、深く物事を考えることができんようになるぞ」

するとと今度は一所懸命受験勉強をしている高校三年生の真が反論する。

「でもお父ちゃん、正面が海で残る三方が山に囲まれた鎌倉の土地に幕府を開いたのは、敵から攻められにくいからやで。ちゃんと学校で習っとるよ」

すると哲和はますますむきになる。

「ほほう、じゃあ何で江戸幕府は真似せなんだ？」

「う！」ひるむ真。

「平安京も、平城京も、江戸幕府も鎌倉幕府以外は全部平野に作っとるやないか？　それはどう説明するんや」とやりこめる。

「学校で習ったから正しいとは限らんぞ。それより学校で習ったことを頭から信じこんで、自分で考えんようになったらあかん。疑問に思ったらとことん自分で調べてみろ」

確かに岡根家には、興味さえあればとことん調べられるだけの百科事典や歴史書や辞書などが揃っていた。

「じゃあ、いっぱい本読めば何でもわかるようになるん？」良樹が訊く。

「そうやない。わかるために読むんやない。わからんようになるために読むんや」

「え？　何言うとるの、お父ちゃん？」

「本を読むとやな、新しい疑問が生まれてくるんや。それでまた次の本を読むと、また違う疑問が生まれてくる。つまり新しい疑問を持つために本を読んで、その答えを考えることが勉強や」

「わからんようになることが勉強？」良樹が首をかしげる。

「そうや、答えを鵜呑みにしてわかっとるつもりでおる奴がアホなんやぞ。おい康子、酒くれ」

「えー？　兄ちゃん、お父ちゃんの言うとることわかる？」良樹は真に助け舟を求めた。

しかし真は無言でうつむいている。哲和に言い返せなかったことが悔しく、医学部へ入るために必死に受験勉強していることを否定されたようで、やり場のない怒りをこらえていた。


それを見かねた康子が口を開いた。

「いい加減にしなよ。あんたは言うことは一丁前のくせに、やっとることはちゃらんぽらんでしょう！　そんなこと言うたら、一所懸命受験勉強しとるマコの立場がないやないの！」

すると哲和もハッと我に返り、少しばつが悪そうに、

「あ、いや……まあ、マコは医学部へ行きたいんやから、そらあ受験勉強も必要やろ。そらしょ

うがないわ」と言って黙った。

哲和が調子に乗って話し出した後はいつもこんな感じの変な空気で終わる。飲み過ぎて騒ぎ過ぎた翌朝のようなばつの悪さだ。


それにしても一所懸命受験勉強している息子に対して「頑張ってるな」ではなく「そらしょうがない」とは、本当にめちゃくちゃな話である。

しかし哲和自身決して勉強ができなかったわけではない。不思議なことなのだが、本当にテストの成績を上げたいと思えばその方法も教えてくれる。そして哲和の言うとおりに勉強してみると実際に成績がどんどん良くなるのだった。

良樹が小学四年生のある日、テストの前日に嫌々算数の勉強をしていると哲和が「良樹、そんな一夜漬けの勉強は意味ないぞ。本当の勉強の仕方を教えてやる」と言ってきた。

「ええか、テストの前日に無理に勉強してもあかん。テストが終わったら全部忘れるだけや。まず一切勉強しないでテストを受けてみろ。それが0点でもええんや。

その代わり間違えた問題を後で徹底的にできるようにせい。もし次に同じ問題が出されたら必ず正解できるようになるまで何度も繰り返すんや。それで終わり。それ以外は一切勉強せんくてもええ」

「へー、じゃあ宿題もせんでええの？」
「あー、かまへんぞ。その代わり授業中のわからん所は先生に訊いて、必ずその日のうちにわかるようになっとけ」
良樹は実際その通りにやってみた。テストを返してもらったら必ず間違った問題をその場でやり直した。繰り返し同じ問題を解いた。授業中に質問をした。（あまりの質問の多さに、「岡根以外で質問のある人だけ手を上げて」と先生に言われるほどだった）
実際にやってみると想像以上に短時間で勉強が済む。そして一番変わったのは授業の理解度だった。一夜漬けの勉強が「点」であるのに対して哲和の勉強法は「線」になり、「層」になり知識が積み重なっていく。苦手な科目を含め授業がどんどん面白くなった。
一年後、地を這うように滑走していた飛行機がふわっと宙に浮くように成績が上がり始め、中学に入る頃にはもともと得意だった数学だけではなく、苦手な国語や社会も良い点数が取れた。宿題をやらなくてもいいというのは極端ではあるが、実際良樹は中学時代ほとんど宿題もせず、試験前に特別の勉強をすることも無く、クラスで一、二番を争う成績だった。（しかしこれがその後仇となり、高校に入ってからも宿題をしないという癖が抜けずに成績はどんどん底に落ちていくのであった。間違いなく宿題はやった方がいい）
そして哲和自身も現に大人になってから独学で一級建築士の資格を取っているし、そればかりか高校時代の成績はかなり優秀で、特に数学は常に満点を取り、三年生の時には生徒会長も務めたほどだった。

しかしながら満洲での非情な幼少体験や、満洲から日本に引き上げてきた自分たちが学校で受ける無意味な差別や、当時間借《まが》りをさせてもらっていた場所が実際に被差別部落だったりしたため、中学、高校という多感な時期に、単純に大学に行くための受験勉強などには興味が持てず、有り余る怒りにも似たエネルギーは、うっぷんを晴らすかのようにスポーツの世界で炸裂することになる。

和歌山県での中学生時代、体操部と相撲部というある意味真逆にも思える二つの部活に所属し、それぞれの地区大会で両方とも優勝する。さらには臨時で陸上部の砲丸投げの選手として参加した紀南《きなん》オリンピック大会では大会新記録を出し、周囲の人間を驚かせた。とにかく偏屈ではあるが負けず嫌いなのだ。砲丸投げなど、誰もコーチしてくれる人間がいない中、自分で図書館に行って徹底的に理論を調べ上げ、後は納得がいくまで一人でひたすら練習を続けたのだ。その結果が新記録での優勝だった。

そして中学を卒業して新宮《しんぐう》高校に入るとサッカー部に入部して、一年生ながら先輩を差し置いてレギュラーとして活躍した。当然先輩からも同級生からも生意気で面白くない奴だと思われるのだが、そんなのはまったくお構いなし。先輩だろうが何だろうが、俺より下手くそなんだから俺の靴を持ってついてこい！　という感じだった。

さらには当時甲子園常連だった新宮高校野球部の応援団長まで買って出る。その年は甲子園のベスト8まで勝ち進んだ。その時に神戸で知り合った女性と大恋愛をするのだったが、それが生涯の伴侶となる康子である。

そんなわけで哲和は勉強などまったくと言っていいほどしなかったのだが、一人の世界史の先生と出会って、以前から疑問を持っていた被差別部落のことを教えてもらうことになる。毎晩のように校内にあった職員住宅へ押しかけ、決して授業では語られることのない特別な授業が夜遅くまで続いた。

部落の歴史から始まり、どのようにして部落民が生きてきたのか、特に江戸時代の惨《むご》たらしい扱いを知るほどに、謂《い》われなき差別に憤慨した。

本当に学ぶべきは決して歴史の年号なんかじゃない。教科書に書いてあることが本当とは限らない。哲和は貴重な体験をした。

そんなこともあってか、当時の大学生たちによる第一回全日本学生平和会議という大会に、（いわゆる全学連などの学生運動のことであるが）全国の高校生代表として東京の大学まで乗り込んで参加した。宿泊先は東大の敷地内にある寮だった。未成年ながら酒を酌み交わし、体制の矛盾について大いに語り合い、それぞれの思想や人生観をぶつけ合い朝まで盛り上がった。

哲和がふと寮の壁を見ると「数学よりも、哲学よりも不可解なのは女なり」という落書きが目に飛び込んできた。妙に人間の真理を突いているようで、この熱く語り合っていることも、しょせん女という魔物の魅力には敵わないのかと思うと笑えてきた。学校の勉強よりも深い何かを学んだ。

しかし哲和の言っていることは極端ではあるが、至極もっともなことなのである。

そもそも学校の授業で学ぶ暗記科目とは、世の中の疑問や謎を解き明かすために必要な手段であるはずが、いつの間にか受験に合格するための目的と化し、偏差値だけが重要視され、知識ばっかり詰め込んだコンピューター人間を作り出してきたのも事実だ。

良樹が小学二年生のときのことだ。

図画工作の授業で、隣同士の友達の顔をクレヨンで描くことになった。

すると良樹は得意になって紫のクレヨンで髪の毛をもじゃもじゃと描き出し、続いて緑色のクレヨンで顔をぐるぐると描き始めた。

隣の席の女の子は「えー！　そんなの嫌だあ！」と叫ぶ。

それを見ていた担任の先生は「岡根、ふざけるな！」と言って出席簿で良樹の頭を叩いた。先生は良樹のクレヨンの箱の中から肌色のクレヨンを鷲掴みにして良樹のほっぺたに押しつける。

「人間の顔の色はこれだろ！　岡根、真面目にやれ！」

良樹は何が何だかさっぱりわからなかった。ふざけてなんかいなかった。ふざけるどころか哲和に教わった通りに真剣に感じるままに描いていたら、めちゃくちゃ怒られた。

学校というところでは、絵を描くにも「正しい」や「間違い」があるらしい。

しかしこれは大問題である。もしこれが良樹ではなく、ピカソだったらどうなるのか。叱られたその後、ピカソは自分の感性を閉ざしてしまい、指定された絵具で指定された構図でしか絵を描くことができなくなったとしたら、あの傑作『ゲルニカ』は存在していないことになる！

先生はいったいどうやってこの責任を取るというのだろうか？

とは言っても、まさかこんな田舎にピカソのような感性で絵を描こうとする小学二年生がいたなんて誰も思うはずもなく、普段の岡根良樹の素行から考えて、ふざけているとしか判断できなかったとしても、先生はそんなに悪くはないだろう。

それにこれは先生一個人の問題ではなく、日本の学校教育における方向性の問題なのだ。敗戦後、日本を復興させるために目指した教育は優秀な経営者や芸術家や商売人を作ることではなく、優秀なサラリーマンという「人材」を作ることであった。

資源に乏しいこの国が世界に打って出るためには「技術力」しかない。しかしこの技術力というのは日本人にとって最大の武器であり、世界中のどこの国にも真似ができない価値があった。実際に自動車でも家電でも、後発ながら日本人特有の技術力を活かして世界のトップに躍り出たのだ。

その技術力の精度を極める人材を育てるためには、アドリブ力や自己主張や個性よりも、真面目に正確に効率よく仕事をこなせるようになる教育が必要だったと言える。

確かにそのおかげで日本は戦後からわずか四十年足らずでＧＤＰを五十倍にし、世界第二位の経済大国になったのだから、当時の日本の教育方針としては最善の選択をし、成功したとも言える。

しかし時代は移り変わる。

当時の教育方針は、哲和の言葉通り優秀な計算機、あるいはコンピューターのような人材を作ることであったと言っても過言ではあるまい。その優秀な頭脳に価値があったのだ。ところが二十一世紀に入ってコンピューターそのものが世界中に普及してしまった。いくら優秀な学歴を持って、豊富な知識を身につけていたとしても、たった一台のパソコンにも人間は敵わないだろう。

頭脳よりも力が強い人間の方が高く評価されていた戦国時代も、やがて鉄砲などの近代武器の登場によって力だけが取り柄だった人間はお払い箱になってしまったように、コンピューターが普及してしまった現代、知識だけを詰め込む教育によって生みだされる人材の未来は暗い霧の中だ。

先日、私岡根芳樹は母校である愛知県立岡崎高校のイベントで講演をするという機会をいただいた。岡崎高校と言えば、全国でも公立高校としては有名大学合格率一、二を争う優秀な学校で、本来なら私のような大学進学もしないで劇団などを始める人間が行く高校ではないし、ましてや卒業生の代表の一人として講演に呼ばれるはずもない。

卒業して三十年以上も経っているので、何かの手違いかとも思ったが、まあそれはさておき講演内容だ。いつものごとく調子に乗って、

「数学よりもコミュニケーションを習った方がいい！　社会に出たら微分積分なんか役に立たない！　三角関数より三角関係を紐解く公式を教わりたかったし、日常でXの二乗《じじょう》なんて出てこない。出てくるのは家庭の事情ばかりだ！」などと馬鹿なことを豪語していたら、一番前に座っていた現役の校長先生が最後の挨拶で「私は数学の先生です」と仰られて肝を冷やした。

しかし、その後でとても素敵なことを仰っていたのでここに記しておきたい。

「私は最近いい人材を作るということに疑問を感じています。これからの時代は人材ではなく『人物』を育てていかなくてはいけないのではないでしょうか。先ほどの岡根さんの話の中にあったように……」

と、こんな私の立場をも立ててくださったのだが、校長の「人物」という言葉にぐっと来た。

人材ではなく、人物。

そうなんだ。これからの日本の教育が取り組んでいくべきは「人物」を育てられる環境を作ることなのだ。

あらためてこの高校の卒業生であることに誇りを感じ、そして日本の未来に希望が持てることを確信したのだった。

第5章

子どもに関心を持つな

岡根哲和は、まったく子どもに無関心な男である。

子どもが四人もいるというのに、学校のテストの結果や通知表を一度も見せろと言ったことがない。

算数のテストで百点を取った良樹が自慢げに答案用紙を見せても「ほお、すごいな」とまったく取ってつけたような生返事しかしない。

あるいは良樹が高校の時、物理のマークシートのテストで0点を取った時は、「マークシートで0点取るっちゅうことは、ある意味百点と同じやぞ。マークシートやから答えを知っとらんと一問くらい当たってしまうからな」と呑気なことを言う。

真が医大に合格した時も「おお、そうか」の一言で、「おめでとう」も「頑張ったな」のねぎらいの言葉一つもないし、良樹が高校の途中から、一人暮らしを始めて劇団をやりたい、ととんでもないことを言い出した時も「好きにせい」で終わり。

またこんなこともあった。

真は医学部在学中に、ヒマラヤを登山隊と一緒に登ったことがある。ヒマラヤ級の登山には、必ずドクターが一人同行しなければいけないのだが、本当の医者がそんな命を危険にさらしてまで登山隊についていくことはまずなく、たいがい医大生の中で、怖いもの知らずの者が同行するのだった。

父親譲りの強者であった真は、これはチャンスとばかりに志願したのだが、なんとそのパーティーはベースキャンプを過ぎた辺りで不運にも雪崩に巻き込まれ、遭難した。

テレビのニュースで遭難事故を知らされる岡根家の人々。当時はパソコンのない時代。現在のように世界の情報はリアルタイムで知ることはできなかった。

うろたえる康子やスイ子をよそに哲和は、ニュースを見ながらもいつものごとく平然と豆をかじり、酒をあおっている。

さらに死亡者の中に「岡村」という人がいて、そのテロップがテレビ画面に流れると、親戚中から岡根家に「真のことではないのか？」という電話がかかってきた。

真のことではないかと言われても岡根家にもわかるわけもなく、康子が電話の対応に右往左

往していると
「ええ加減にせい！　じたばたしても始まらんぞ！」
と、哲和がコップ酒を飲み干しながら一喝した。
誰に向けた言葉なのか、康子にしてみれば、いいとばっちりである。それにしてもこんな非常事態によくもまあそんなに悠然と酒を飲んでいられるものだ。あんたは、本能寺で追い詰められて、腹をくくった信長か！　康子はそう言いたかったに違いない。
結局「岡村」という人は別人で、その後たくさんの武勇伝を抱えて真は元気に帰って来るのだった。（その後謎の高熱とひどい下痢に見舞われるのだったが）
エピソードはいくらでもある。
良樹は東京に出て行った翌年、立ち上げた劇団で多大な借金を抱えて急性胃潰瘍になり、路上で吐血して病院に担ぎ込まれた。そのときも哲和は見舞いに行くどころか、電話一本もかけない。母親の康子も康子で、普通十九の息子が血を吐いて入院したのなら、しかも新幹線で二時間足らずの所なら、すぐにでも飛んで行きそうなものなのだが、見舞いに駆けつけたのは兄の真だった。

良樹は退院した後、大変な思いをしながら二年かけて借金を返済し、劇団を再開させる。もちろん哲和は、その後良樹が興行した劇団の芝居など一度も観に行くことはなかったが、康子はよく観に行った。入院中の見舞いには行かないくせに、芝居などという面白そうなものなら、わざわざ東京に出かけて観に行く。本当に変わった夫婦だ。

天真爛漫な末娘の和実が、千葉の大学に通うことになり、一人暮らしをすることになるのだが、当然哲和は一度も訪れることはなかった。さすがに母親の康子は哲和の「ほっとけ」という言葉を振り切って娘の暮らすアパートに行ってみた。するとそこは、その大学に通う男子学生だらけの安い木造のアパートで、女子は和実ただ一人であった。普通ならそれだけでも心配して、もっと安心できる所に引っ越させるだろう。食事はどうしているのかと康子が尋ねると「隣近所の男子学生が変わりばんこに作って持ってきてくれる」と和実が答えた。すると康子は「それやったら安心やね」と言った。いったい安心の基準は何なんだ。

さらに和実は学生の間にヨーロッパに一人旅をすると言い出した。その時も哲和は「行ってこい」の一言で終わり、挙句の果てにそのヨーロッパの旅先で、結婚することにした！　との爆弾発言にも「おう、そうか」という始末。

いったいどこの国の人と結婚するんだ⁉　と兄弟やスイ子は肝を冷やしたが、相手は真面目な日本人だった。

子どもに関心がない。

果たして本当にそうなのであろうか？

ずいぶん後のことになるが、孫の一人が東大に合格すると、哲和は急いで本屋に行って、東大合格者全員の名前が掲載された週刊誌を買ってきた。

めちゃくちゃ関心があるではないか！

つまり子どもに関心がないのではなく、関心を持たなかったのだ。いや、むしろ持たないようにしたのではないだろうか。

ないのではない、あるけど持たない。

この違いは大きい。

お金と同じで、ないから使えないというのと、あるけど使わないというのとではずいぶん違う。

関心を持たない、という言葉には強い意志を感じる。

果たして哲和にそんな深い考えがあったのかどうかは怪しいものだが、少なくとも関心を持たれなかった岡根家の子どもたちは、変なプレッシャーを受けることもなく、親の被害者になることもなく、のびのびと真直ぐに育つのであった。

真直ぐと言っても人生そのものは曲がりくねったジグザグでデコボコなのであるが、心意気がまっすぐに育ったということだ。

そして否が応でも自立するしかなく、すべてにおいて自己責任という哲学を受け継ぐのだった。

子どもに関心を持たない。

それは口にするほど簡単なことではない。相当の覚悟が必要である。

我が子が路頭に迷おうが、ヒマラヤで遭難して死のうが、路上で吐血して死のうが、海外でどこの誰と結婚しようが、それもまた本人の人生。などと冷静に言い切れる親はなかなかいない。

むしろ、そんなのは子どもに対して無責任だ、という人の方が圧倒的に多数だろう。

子どもに関心を持たないという表現が過激であるのなら言い換えよう。

子どもに期待しない。


過度に期待されてしまった子どもほどつらいものはない。

試験に落ちたことや、大怪我をしたことや、夢を諦めたことがつらいんじゃない。

そのことで悲しむ人間がいることがつらいのだ。勉強だってスポーツだって、いつの間にか親の期待に応えようと頑張れば頑張るほど、挫折した時がつらい。

期待に応えられなかった自分に腹が立ち、自分を憎む。挙句の果てには、ことの因果を作った親を憎む。

「お前はやればできる子なんだから頑張りなさい」

余計なお世話だ。それよりも自分が頑張れ！

「そんな子に育てた覚えはない」

じゃあ、誰が育てたんだ！

「きっとうまくいくから、自信を持て」

じゃあ、うまくいかなかったらどうしてくれるんだ！

心の中の悪魔が小さな声で叫ぶ。

親の期待に応えるために人生があるんじゃない。

ある心理学者が問う。

子どもが長旅に出かける時にかけてあげる言葉として最も適切なのはどれか？

①怪我しないように気をつけて行っておいで
②しっかり楽しんでおいで
③困ったらすぐに帰っておいで

答えは、全部間違いだそうだ。

いずれも子どもに何かを期待する言葉で、潜在的にプレッシャーを与えているのだという。怪我をしてはいけない。楽しまなければいけない。困ってはいけない。という条件つきの旅になってしまうというのである。

まあ、一人の学者の唱える説として聞けばいいと思うが、あながちでたらめでもなさそうだ。

では、本当にかけてあげたらよい言葉とは何か？

往々にして学者が書いた本にありがちなのだが、間違いだけを指摘して答えは載っていなかった。

それならばその心理学に則《のっと》って、答えの一つをひねり出してみよう。

「元気でも元気じゃなくてもいいし、もし怪我をしたって大丈夫だ。楽しんでもいいし、楽しめなくってもいいいねえ。困ったことがあったってそれが旅というもんさ。何でもいいから帰ってきたら、ぎゅーっと抱きしめてあげるから、行っておいで！」

こんなところだろうか。確かに旅をする我が子にこんなことが言えたら達人だ。

しかし旅立つ子を思う親の心というものはいつの時代だって本音はさだまさしの『案山子』の歌詞のようなものだ。

元気でいるか
街には慣れたか
友達出来たか

寂しかないか
お金はあるか
今度いつ帰る

そもそも哲和が子どもたちに何も期待しなかったのには理由がある。

幼少時代、母親とは死別、父親とは生き別れ。満洲の親戚を頼り、絶望的な戦後の混乱の中を生き抜いてきたせいで、親子の接し方など知る由もなく、また日本に引き上げてきた後、奇跡的にソ連軍の捕虜として生きていた父親と再会するも、父親とも後妻として来てくれた継母とも反りが合わず、勝手気ままに生きてきたのだ。

その気ままさは、誰が見ても呆れるほどで、自分の子どもに何かを期待する資格など到底哲和にはなかった。


哲和は、新宮高校三年生の時、卒業式の一週間前に突然家を飛び出し、神戸の彼女の所を訪れ、そのまま一年間浪人するという名目で居候を決め込んだものの、まったく受験勉強をせずただただ能天気な暮らしを続けたのだ。

彼女とは、その前の夏に甲子園に出場した野球部の応援隊長として神戸に来ていた時に知り合った女性、康子である。

康子は幼い頃に父親を亡くし、母スイ子と弟の信一郎との母子家庭に育った。

スイ子は洋裁で細々と生計を立てながら、夜も眠らずに働いて子どもたちを育てていた。

そこへ二十歳前の男子が調子よく転がり込んで居候し、一年も遊んで暮らしたのだ。まったく哲和という男は、一体どんな神経をしているのか調べてみたいものだ。

結局一年間人生を棒に振った挙句、受験もせず今度は上京し、早稲田の鶴巻町という場所に二食付きの下宿を見つけた。建前は受験勉強だったが、遊び人『遠山の金さん』よろしく遊び呆《ほう》けていた。

ようやく翌年なんとか日大の芸術学部に入学するも、『遊び人の金さん大学へ行くの巻!』という感じで、なんら生活態度が改善されることはなく、神戸から康子を呼び寄せ同棲を始め、お先真っ暗な人生を猪突猛進していくのであった。

さらに新宿の歌舞伎町にあった歌声喫茶「カチューシャ」でバイトを始めた頃、三人連れのやくざに因縁をつけられて袋叩きにされた。挙句の果てには叩き割った灰皿で顎《あご》の肉をえぐられ、あやうく命を落としそうになるが、結局なぜか親分格に気に入られ、一緒に飯を食うような仲になる。だが哲和は、最後の一線は超えることなく踏み留まった。

その時康子という存在がいなかったら、その後は歌舞伎町を肩で風を切って歩いていたか、網走刑務所で脱走を企《たくら》んでいたか、鉄砲玉として短い生涯を終えていたに違いない。

余談ではあるが、ちょうど同じ時期に隣の歌声喫茶「灯《ともしび》」で、プロ顔負けのすごい歌手が歌っていると評判になっていたが、それはまだ売れる前の「上條恒彦」その人だった。

そんな馬鹿なことをしているうちに、あっという間に高校を卒業してから四年の歳月が流れていた。親からの仕送りは途絶え、大学は中退した。

それでも懲りることなく、水商売でバイトをしながら不安定な生活を送り続けるのだが、康子が真を身ごもったのはそんな時だった。

それをきっかけにようやく目が覚め、真面目に働くという選択肢を手にする哲和だった。

そんな人間が、いったい自分の子どもたちに何を期待するというのか。

自由気ままな次男の良樹でさえ、哲和と比べれば充分まっとうに生きていると言えるだろう。

そんな哲和にできることといったら、せめて子どもたちには何の期待をかけることもなく、どんな人生を歩もうが、それを宿命として受け止め、関心を持たないでいてやることぐらいしかなかった。

第6章

馬鹿力《りょく》を磨け

「ねえ、何でうちは貧乏なん？」

ある日曜日の朝、小学校に通い始めた良樹が哲和に尋ねる。

「ん？　うちは貧乏やないぞ」

ＮＨＫのニュースを見ながら哲和が答える。来る十月十日より総合テレビが全放送のカラー化を開始する、と岡根家の白黒テレビはニュースを伝えていた。昭和四十六年、この時代カラーテレビはかなり普及していたものの、放送自体はまだ白黒で放送されていた番組もあったので、岡根家のように白黒テレビのままでいる家庭も少なくはなかった。

「せやけどお母ちゃんが、うちは貧乏やからそんなの買うたらあかんて言う」

「何があかんのや？　カラーテレビか？」

「鉛筆買うてくれん」

「鉛筆!?　鉛筆くらい買うたるぞ」

「ほんまに?」良樹の眼が輝く。

「おう、何本いるんや?」

「一ダース」

「そんなにいるんか! まあ、ええわ。ほんなら百二十円やるから買うて来い」そう言って哲和が財布から小銭を取り出す。

「それじゃあ足らんわ」

「何でや。鉛筆は一本十円やろ」

「トンボ鉛筆やで」

「トンボでもカエルでも鉛筆は十円やぞ」

「ドリフのクビチョンパのやつや」

ドリフとは大人気お笑い番組『8時だョ! 全員集合』のドリフターズのことで、『首チョンパ』とは、当時トンボ鉛筆の「MONO」という一ダースで千円くらいした超高級鉛筆を買うとおまけにもらえたおもちゃのことだ。ビニール製の空気鉄砲で、カトちゃんたちドリフのメンバーの首がロケットみたいに飛んで行くという、いかにも子どもが欲しがりそうな代物《しろもの》だ。クラスに何人かいるお金持ちの子が、学校に持ってきて遊んでいるのが良樹は羨ましかった。

「アホか! あんな高い鉛筆いるか。そんな無駄な金はないぞ。お前、鉛筆やのうておもちゃが欲しいんやないか」

哲和に一喝されて、「ちぇ、やっぱりうちは貧乏じゃん」と心でつぶやく良樹だった。

長男の真《まこと》は六年生になっており、もうそろそろ自分専用の自転車を買って欲しいと頼んだ。たしかに自転車は必要だろう。すると哲和は、当時では珍しいフランス製の高級サイクリング車を買ってきた。ギアで何段階も変速ができ、ハンドルのところが半円を描くようにカーブしていて、ものすごく前傾姿勢で乗るタイプの自転車だ。

「真、一番いいやつ買ってきたぞ！」と誇らしげに笑う哲和だったが、「こんな競輪選手が乗るような自転車じゃなくて、みんなが乗っているフラッシャー付（これもまたデコトラのような電飾が付いた自転車）の方が欲しかったのに」と心でつぶやく真であった。

とにかくやることが極端で、本当に貧乏なのかそうじゃないのかさえわからなくなってくる。

こんなこともあった。もう少し後の話だが、比沙子《ひさこ》が小学二年生の頃のことである。

例の月に一回の豪華なディナーだ。毎回中華だったのに、そのときに限って哲和の気まぐれでフレンチレストランのディナーコースになった。

まるで王室のような造りの部屋に案内され、テレビでしか見たことのないフランス料理がこれからやって来る。中華とは違ってフランスという言葉の響きがもうすでに高級感に溢れている。

　真っ白なクロスが掛けられた長方形のテーブルを七人の大家族が取り囲み、真も良樹も興奮して、並べられたナイフやフォークやスプーンの銀の輝きに自分の顔を映したりしながらわくわくした。末っ子の幼稚園に入ったばかりの和実も眼をくるくるさせて喜んでいたのに、何故か比沙子だけがうつむいたままじっと黙っている。

　もともと無口なところがあったから、康子もあまり気にすることはなかったが、一皿目の前菜が出てくるとさすがに呑気な康子も比沙子の異変に気がついた。

　白い皿の上に飾られたガラス細工のように綺麗な前菜に飛びつく真や良樹の横で、比沙子は今にも泣きだしそうに歯を食いしばるようにうつむいている。

「どうしたの比沙子。お腹でも痛いの?」

　康子が尋ねても比沙子は少しだけ首を振って、そのあとは何も答えない。

「何か言わなわからんよ。どうしたん?」

「比沙子、いらんのやったら頂戴!」と良樹が手を伸ばすその手を康子がパチンと叩き落とす。

　哲和はと言えば、我関せずといった感じで一人白ワインを飲んでいる。

　二皿目のスープが運ばれてくる。

人生で初めて出会った冷たいかぼちゃのスープは、ついにあの絶対的な王座に君臨していた『レディボーデン』を超えた！　銀のスプーンですくって口に入れると、考えられない美味さが良樹たちを襲う。

そんなときついに隣で比沙子が泣き出した。

「比沙子、どうしたの？　泣いとったらわからんでしょ。ほら、言うてごらん」と康子やスイ子がなだめるが、レストランは異様な雰囲気になり、ウェイターもオロオロとし始めた。

こうなるともう次の展開は決まった通りで、先ほどからずっと黙って酒をあおっていた哲和が、

「泣くな！　もうええ！　食事は止めや！　帰るぞ！」

いきなりブチ切れて席を立った。

「えー！　これ飲んでから！」と言う良樹に、

「やかましい！」と怒鳴りつける。

「ああ！　かぼちゃのスープが……」

ギリシャ神話のひとつに「オルフェウスの竪琴」という話がある。

黄泉の国に連れ去られた妻のエウリュディケを夫オルフェウスが地上に連れ戻す話だ。黄泉

の国から地上に続く長い階段を、オルフェウスの後ろからエウリュディケがついていく。しかし、地上に出るまで決して振り返ってはいけない、という黄泉の国の大王との約束を破って、地上まであと一歩というところでオルフェウスが後ろを振り向いてしまうのである。

その瞬間、悲しそうな表情をしたエウリュディケが「あなた、何故振り向いてしまったの?」という言葉だけを残して、また地下の暗い黄泉の国へ引き戻されて行き、もう二度と地上に戻ることはなかった、という悲しい話だ。

良樹は今まさにそのときのオルフェウスのように、二度と戻ることのできない場所へと遠ざかっていく愛しいかぼちゃスープを、ただただ痛切な思いで見つめるしかなかった。


ずいぶん後で聞いた話だが、あの時比沙子は毎日貧しい食事をして、たまにとんでもない贅沢をするという岡根家の風習が無性に悲しくなり、貧乏ならば無理しないでもっと「普通」の生活がしたかったそうだ。無理もない。真や良樹と違って、女の子の比沙子が普通の幸せに憧れるのはむしろ健全である。時代は超安定の好景気時代を迎えていたのだ。

「あの頃は、お父ちゃんみたいな人じゃなくて、普通のお父さんが良かったと思ってた」と大人になった比沙子は笑顔で話す。

そういえば良樹の三人の子どもたちが小学生の頃、哲和のことは「てつかずじいちゃん」と呼び、妻の父のことは「ふつうのおじいちゃん」と言って区別をしていた。

誰が見ても普通ではなく、子どもでも変だとわかるらしい。


しかし哲和は言う。

「良樹、うちは貧乏やないぞ。物や金がないことを貧乏ちゅうんやったら、うちは貧乏かもしれんけど、貧乏と貧しい人間とは意味が全然違うぞ」

「え？　どういうこと？」

「たくさん金を持っとっても貧しい人間はぎょうさんおる。その反対で、金なんかなくても豊かに生きとる人間もおる」

「何でお金がないのに豊かやの？　何も欲しい物が買えんよ」

「常識だけで考えたらあかん。物があったって豊かとは違うぞ。金があっても下品な人間は貧しい奴や。

ええか、贅沢ばかりしているとな、それが当たり前になってきてやな、そのうちそれよりもっと贅沢をしたくなるんや。もっと美味いものが食いたい。もっとブランド品が欲しい。もっと高価な車が欲しい。もっと大きな家に住みたい。もっともっと贅沢がしたい。そうするとまだたくさん金があるのに金が足りんと言うようになるやろ。金にまみれながら、金が足りんと言っとるんや。どうや、貧しいやろ？」

良樹は巨大なガマガエルの妖怪が金をむさぼるように飲み込んでいる様を頭の中で想像した。

「ええか、本当の豊かな人間ちゅうのはな、馬鹿になれる奴のことや」

「え、馬鹿に⁉」

「品格のある馬鹿が一番豊かで贅沢なんやぞ」

品格のある馬鹿……良樹は千利休とお茶を嗜《たしな》んでいるバカボンのパパを想像した。だがしっくりこなかった。

「どういう意味か、ようわからんわ。品格のある馬鹿って例えば誰のこと？」

「そうやな、例えばドン・キホーテやな」ドン・キホーテとは、言わずと知れたスペインの冒険小説『ドン・キホーテ』の主人公である。

「ドン・キホーテは凄いぞ。はたから見れば、馬鹿を通り越して狂人や。せやけど本人は純粋で品格があって無敵で幸せ者や」

「何で無敵なん？」

「何しろ馬鹿には常識が無いんやから何でもありや。

賢い人間は、すぐに損得勘定を考えるやろ。損すると人は不幸になる。でもな、馬鹿は損しても気がつかん。気がつかんから損しとっても幸せになれるんや。そんな贅沢なことあるか？

それからな、何かにつけて勝ちたがる奴もあかんな。勝ちたがる奴は、すぐに人と比べる。ほんで自分より裕福な人間を妬んだりする。ところが馬鹿は、人と自分を比べたりせんのや。勝ち負けで生きとらん。だから品があるんや」

「何で人と比べんほうがええの?」

「人と比べんかったら、どんな状況でも幸せを手に入れられるんやぞ」

「何で、何で? そんなの無理に決まっとる」

「そりゃあお前が常識で考えとるからや。ちょっと馬鹿になって考えてみろ。固い頭、柔らこうして想像力を使うてみろ。欲しいもんは何でも手に入るぞ」

「想像で?」

「そうや」

「でもどうやったら馬鹿になれるん?」

「馬鹿になれんか?」

「うーん、難しいわ」

「馬鹿になろうとしたらあかん」

「へ?」

「馬鹿になろうとするんやない。すでに自分は馬鹿やということに気づけ」

目からうろこが落ちた。

「せやからお前は馬鹿やろ？　いつも馬鹿なこと考えたりしとるやろ？」

そう言われれば確かにそうだ。

「ええか、美味いもんなんか食わんでもな、ちょっと馬鹿になるだけで何でもご馳走にすることができるんやぞ。ほら、良樹、何が食いたい？　好きなもの言ってみろ。ステーキか？　うなぎか？　蟹か？」

「寿司食べたい！」

「おー、じゃあ寿司食え。何がええ？　トロか、アワビか？」

「えー！　何でもええの？　じゃあ、ウニ！」

「おう、想像でいくらでも食え。どうや、美味いか？」

「え、想像で？」

「あー、真面目が出てきたらあかん。馬鹿の良樹で想像せい。どうや。美味いか？」

「美味い……気がする」

「おー、そうか！　もっと馬鹿になれ。美味いやろ」

「うん！　美味い！」

確かに馬鹿親子の会話だ。

「ええか良樹、いくら常識的でお金持ちで偉い人でもな、想像力のない奴は実際にあるもんしか見えんし、実際に食えるもんしか味わえん。ところがやな、お金が無くても想像力がある人間はどんなもんでも見えるし、味わえる。ドン・キホーテを見てみろ。巨大な風車が本物の竜に見えて戦うんやぞ。骨が砕けて死にかけとっても何度でも挑んで行くんや。凄いやろ。

それにな、想像力があれば、どこにだって行けるんや。ええか、常識で考えるな、馬鹿で考えろ。そしたら南極点でも、ピラミッドの中でも、バミューダ海峡の海底や、宇宙にやって行けるぞ。それからもっと想像してみろ。光速やって越えられるし、時間も飛び越えて恐竜時代や、千年後の未来にかて行けるんや。どうや、贅沢やろ。

ガンジーはな、きっと頭の中で毎日美味いもん食っとるぞ！」

「へええ！　そうなんやあ」

「ええか、馬鹿なことを考えろよ」

「うん、わかった」と感心する良樹の横で康子が「ほんならあんたもお酒飲まんと、想像で飲んだら？」と揚げ足を取る。

「いや、そいつだけは勘弁してくれ！」と決まりが悪く、照れ笑いする哲和だった。

しかしながらこの人生観こそが、その後の良樹の人生に大きな影響を与えた。

例えばこんな具合だ。

十九歳の年、大学には行かず劇団を立ち上げるために上京した良樹は、月末になるといつもお金が無くなって毎日ひもじい思いをしていた。バイトのお金が入るまであと三日で財布には二十円。米だけは何とか確保してあるが、おかずはおろかふりかけすらない。

こんなみじめな状況をどうやって幸せにすることができるのか！

しかしそれができるのである。お腹も心もめちゃくちゃ幸せで溢《あふ》れさせられるのだ！


まず炊き立てのご飯を茶碗に盛りつけ、ちゃぶ台の上に置く。

そしてゆっくり目を閉じて畳の上に大の字に寝転がって想像する。

……ここは灼熱《しゃくねつ》のサハラ砂漠だ。


ここが肝心なポイントである。

時間をかけて、ゆっくりでいいから本当にそう思い込まなくてはいけない。


じりじりと肌を刺す太陽光線。

砂から陽炎《かげろう》が立ち上り、

見えない炎に包まれながら、
どこまで行っても終わりのない砂の海を彷徨っている。

もう何日も食べていない。口にしたのはわずかな水だけだ。
腹が減ってもう限界だ。
もう歩く気力もない。
意識もだんだん遠のいていく。
俺はこのまま死んでしまうのか……。
あー、せめて死ぬ前に一口でいいから炊き立てのご飯が食いたかったなあ。
あの芳ばしいご飯の香り。
口に含んだ時の柔らかな食感。
噛むたびに口いっぱいに広がる優しい甘さ。
焼肉でも寿司でもない、ご飯だ！
それさえ食べられたらもう思い残すことはない。
ああ、炊き立てのご飯が食べたい！

そして、うっすらと目を開けてみる。
ぼんやりちゃぶ台と茶碗一杯のご飯が見える。

え!? あれは何だ?
まさか炊き立ての……ご飯?
いやそんな馬鹿な。
これは幻覚だ、幻覚に違いない。
こんな砂漠のど真ん中に炊き立てのご飯なんて……。

ゆっくりと起き上がりご飯に顔を近づける。
炊き立てのご飯の甘い香りが、これは現実だと教えてくれる。

こ、これは!
夢か? 幻か? いや夢じゃない!
本物だ! 本当にご飯があるぞ!
奇跡だ! 奇跡が起きた!

しばしご飯を見つめる。

食べていいんだな。

た、食べるぞ、いいな、食べるぞ！

ゆっくりとごはんを口に運び、口いっぱいに広がるご飯の香りを感じ、そして噛みしめるように味わう。

感動で言葉が出ない。

もうこれ以上噛むことができないという限界まで噛んで、ゆっくりと飲み込む。

う、うまい……うまい！

どんなご馳走よりもうまい！　俺は……俺はなんて幸せ者なんだ！

一気にご飯をかき込む。

跡形が無くなるまで噛みしめる。

またご飯をかき込む。

噛みしめる。

またご飯を……。


ご飯の一粒一粒が美味さを凝縮したカプセルのように、噛むたびに美味さがはじけ飛ぶ。

涸れかけていた体の中にある泉に、潤いという新鮮なエネルギーが注がれていく。

脳は生き返り、目は輝き出し、心臓は強く鼓動を打ち始める。

手の、足の、指の先までパワーが充満していく。


あー、美味かったー！　生きる希望が湧いてきたぞ！

茶碗と箸をちゃぶ台に放り出し畳にあおむけに倒れ込んで、しばし余韻に浸る。

気がつけばお腹も心もほっこりしている。なんて馬鹿で大袈裟な方法であることか。しかしなんて素敵な力だろう。

これがまさしく馬鹿力《ばかりょく》である。いや、これはもう魔法である。

あるはずのないものを、確かにあることにできるのだ。

ご飯しかないという事実に魔法をかけると、ご飯というご馳走に変えることができる。事実をどう解釈するかで真実が変わる。

人間が得た能力の中で最も素晴らしい能力は、間違いなくこの想像力だ。こんな無敵な力を授《さず》かっておいて使わないなどという者は、きっと貧しい人生を送ることになるに違いない。


さあ、想像力を磨こうではないか！


ある眠れない夜のこと、ラジオをつけてチューニングを合わせていると、聞き慣れた哲和の声が聞こえてくる。

「良樹、心に色はあるか？　心が白黒じゃあかん。世界がどんなにカラフルでも、心が白黒じゃあかん。ええか、色がついていないからちゅうて、白黒の映画を観ない人間がおるわな。そうやって自分の心の色を使わん奴は、そのうちに心が白黒になってしまうんやぞ。

白黒映画はな、お前の心で色をつけろ。そうすりゃあカラー映画よりもカラフルで、心に残るっちゅんもんや。『ローマの休日』を観たか？　ありゃあ白黒だからこそあの永遠の美しさを感じることが出来るんやぞ。

もしもやな、うちにお金が十分あって何不自由ない生活をしとったら、そんな無敵な力を使うことはなかったかもしれんのや。

貧乏やから工夫するんや。無いからこそ想像せい。つらいからこそ解釈を磨け。貧乏の時代にこそせやから人生は面白いんや！　貧乏やからって卑屈になることはない！　貧乏の時代にこそ心を豊かにして、想像する贅沢さを味わえばええんや！　俺はな、お前たちのためにわざと貧乏しとったんや。有り難く思え！」

そういい終わるとラジオからは昔聴いたどこかの国の民族音楽が流れてきた。

なるほど、大した想像力だ。家族に貧乏な思いをさせても卑屈にならないその精神力には脱帽する。


想像力に万歳！

馬鹿力に万歳！

第7章

心に闇を持て

夏休みのある朝、小学三年生の良樹が布団から起きてくると何やら暗い音楽が流れている。ギターよりも冷たく寂しそうな音色に暗い影を含んだ女の声が、聴いたことのない外国の歌を悲しみなのかあるいは怒りなのか、何とも言えない暗い情感をまきちらし漂わせながら歌っている。テレビではなくステレオから流れていた。

日曜日でもないのに哲和が仕事にも行かず、朝っぱらからレコードをかけていたのだ。

「お父ちゃん、その曲何?」良樹が尋ねる。

「これか、これはなファドや」

「ファドって何?」

「ファドはなあ、ポルトガルの民謡や」

「民謡?」

「その国独特の歌のことやぞ。フランスならシャンソン、イタリアならカンツォーネ、ポルトガルならファドや」

アメリカとポルトガルの違いもわからない良樹にとって、哲和の話はちんぷんかんぷんだったが、どこか遠い異国であることは、その聴いたこともない音色からもわかった。


「ファドってどういう意味なん?」

「宿命っていう意味や」

「宿命?　宿命って何?」

「そら、さだめのことや」

「さだめ?」

「良樹、お前がうちに生まれてきたこともさだめやぞ。お前はうちの子になることが決まっとってやな、それ以外に生まれることはできんちゅうことや。それがさだめで、宿命や」

「ふうん」

聞けば聞くほどわからなくなるので、聞くのを止めた。

ファドとはポルトガルで生まれた「宿命」という意味の民族音楽だ。

ポルトガルはかつて大航海時代に多くの植民地を有し繁栄を極めたヨーロッパの王国であった。しかし後に、十七世紀以降になるとまるで暑い夏から寒い冬へと季節が移り変わるかのように衰退してしまう。

その衰退していく時代、苦難や恐怖、悲しみや痛みの中で、それでも生きて行こうとする魂の叫びがファドなのだ。

ファドは、港を出ていく命知らずの男どもを見送った女たちによって、場末の安酒場や売春宿で歌い継がれてきた。

十二弦のポルトガルギターが奏でる音はどんな楽器よりも切なく響き、ファド唄いの声は嵐の中でも大地に根を張り、しなりながらも立ち続ける大樹のようだ。

それは絶望的な「宿命」に対しての嘆きではない。抗いでもなく、諦めでもない。「受け入れる」という表現が的確かどうかはわからないが、哲和はそう感じていた。

「どうや、良樹。ええやろ。歌っとるのはな、アマリア・ロドリゲスっちゅうんや」

「でもこれ、何か暗くて怖いね」と素直な良樹に

「おう、暗いからええんやぞ」と哲和は答える。

「明るいのばっかりじゃあかん。暗い音楽や、暗い絵や、暗い小説を好きにならんとあかんぞ」

「何で？」

「影のない光は嘘くさいやろ」

「はあ？」

「良樹、太陽の当たるところに行ったら、必ず影ができるやろ？」

「うん」

「この世は、すべて光と闇でできとるんや。光だけでは成り立たん。影がないのは偽《にせ》もんや。せやから人間の心には、光も大事やけど同じように闇も必要なんや」

「ふうん」

「昼間が光で、夜が闇や。もし夜がなくなって一日中昼やったら大変なことになるぞ」

「どうなるん？」

「地球はすべて砂漠になって生命は絶滅するやろな。それと同じで、人間の心にも、光の部分と闇の部分の両方が必要なんや」

「え？　お父ちゃん、心の闇の部分って何？」

「痛みや苦しみや悲しみのことや。そうやな、味で言うたら苦味《にがみ》や辛味《からみ》のことやな。

調味料が砂糖しかなかったら、料理なんかできんぞ。しょっぱいのや、辛いのや、苦いのがないと美味い味にはならん。甘いもんばっかり食っとったら、甘い考えの人間になるぞ」

「苦いのも必要なん？　俺、苦いの嫌やな」

「ああ、苦みは大事や。お前はチョコレート好きか？」

「好きや」

「チョコレートは、苦みと甘みの融合やぞ」

「そうなの⁉」

「そうや。苦い、ちゅう漢字は、苦しいって書くんや。せやから人生にも苦しみが必要やし、痛みや悲しみもとても大切なんやぞ。それがない奴は、人の心の痛みはわからん」

「哲ちゃん！　会社から電話かかってきとるよ。何時になったら来るんやって」康子が怒りながら伝えに来た。

「もう出たって言うとけ」

「もうあんたは、それじゃあ蕎麦屋の出前やないの！」そう言いながら電話口に戻る。

二日酔いという苦しみはあるものの、会社の痛みはわからない哲和ではあったが「それからな、良樹……」と話は続く。

ロドリゲスの歌うファドの雰囲気のせいもあって、哲和の話を聞きながら、良樹はちょうど一年前の苦い出来事を思い出していた。

良樹には三つ離れた妹、比沙子がいる。

比沙子は友達とわいわい遊ぶことが苦手だったらしく、たいがい家の中で一人で遊んでいるか、プールで黙々と泳いでいることが多かった。

自己主張ばかりする良樹とは正反対な性格で、おとなしい無口な妹だった。

そんな比沙子も兄弟の中では良樹と年が近かったせいか、小さかった頃はいつも良樹の後をくっついていたのだった。

川にザリガニをとりに行くときも、神社の大きな楠木に登るときも、空き地で缶蹴りをするときも。しかし、どこにでもくっついては来るものの、比沙子は自分もザリガニをとったり木に登ったりするわけではなく、ちょっと離れたところで、良樹たちをただじっと見ているだけだった。

一緒にやったら楽しいはずなのに、いくら誘っても頑として動かず、ただみんなが遊んでいるのを見ている。

しかも楽しそうに笑っているのではない。悲しいのか、つまらないのか、困っているのか、よくわからない表情で自己主張できないでいる妹の姿を見て、良樹はいつもじれったくなるのだった。そしていつも金魚のフンのようにどこにでもくっついてくる妹をうとましく感じていた。

一年前のある日、良樹と比沙子の二人は、母に連れられて街のデパートにやって来た。デパートに来ると康子は買い物をしている間、子どもたちだけで近くにあった遊園地で遊ばせてくれた。

田舎の小さな遊園地ながら、機関車や、コーヒーカップや、ゴーカートや、観覧車まであった。百円ずつもらって、さあ何に乗ろうかと相談をしても、いつも何でもいいとしか言わない比沙子に良樹は少し腹が立って、その日は少し意地悪をした。

「比沙子、今日は兄ちゃんの後をついて来たらあかん。自分の好きなのに一人で乗れ。ええな、ついて来るなよ！」

そう言って良樹は比沙子を置いて、さっさと一人で観覧車に乗った。いつもなら必ず横に比沙子がいて、何を話すでもなくただ黙って外の景色を眺めているのだが、今日は一人きりだ。

さぞかし観覧車から眺める風景は気持ちがいいことだろうと思ったが、何故か急に不安な気持ちが込み上げてきた。何か取り返しがつかないようなことをしてしまったんじゃないかと思えてきた。

いや、そんなことない。あいつだって自分の好きなことをやればいいんだ。自分は悪くない。

良樹は、地上から少し離れた空中をゆっくり移動しながら、そう自分に言い聞かせていた。観覧車の中からは、比沙子の姿は探さなかった。

何を見ていたのだろうか。ガラスに映った自分の顔を見ていたのかもしれない。

それから良樹は遊園地を一人で探索して、一時間後に元の場所に戻った。すると比沙子は百円を握りしめたまままずっとうつむいて別れた時と同じ場所に立っていた。

「比沙子、どないしたん。なんで乗らへんかった?」

しかし比沙子は何も語らない。もう片方の手でスカートの裾をぎゅっと握って、黙ってうつむいていた。

「好きなのに乗ったらええのに。乗りたいのがなかったんか?」

比沙子は人前では滅多なことじゃ泣かない。

怒っているわけではなく、ただ感情を心の底に押し込めてひたすらじっと立っていた。

ショックだった。

何故あんな酷いことを言ったりしたのだろう。

どうして一緒に観覧車に乗ってやらなかったのだろう。

比沙子の好きなこととは、自分と一緒にいることだったんじゃないのか。乗りたいものは、コーヒーカップや機関車なんかじゃなくお兄ちゃんと一緒に乗るものだったんじゃないのか。

しばらくして康子が迎えに来た。「言いつけられる」良樹はそう思った。しかし比沙子は何も言わなかった。明らかに様子がおかしいので、康子が何度も尋ねたのだが比沙子は何も言わなかったし、良樹も言わなかった。

良樹は、とても嫌な苦い塊のようなものを胸のあたりに感じた。

その光景は大人になった今でも、消えない染みとして良樹の心に残っている。

確かに心には闇がある。そして哲和が言うようにその闇はきっと必要なのだろう。あのときの妹の悲しみや自分の意地悪さ卑怯さや、そんな闇を簡単に捨ててはいけない。

しかし世間一般では、闇という存在に対してとても懐疑的で、むしろ恐怖の対象として嫌われやすい。だから心の闇という言葉の響きだけで、もう何だか悪いものだと決めつけてしまう。

「人の心には、闇なんか必要ない」

そういう人はたくさんいる。癌細胞のように闇が心を蝕《むしば》んでしまったらどうする。そう思う気持ちは誰にでもあるだろう。

今日の仕事を終えてパソコンの電源を消した時、ディスプレイに移った影は、良樹ではなく哲和だった。

「おい良樹、確かに心を蝕むような闇ちゅうのは恐ろしいわな。そんなもんない方が安心するやろ。せやけどやな、心から闇を全部排除してしもうたらあかんぞ」

電源のランプが消えていることをもう一度確かめてみたが、間違いなく切れていた。しかし画面の哲和は容赦なく話し続ける。

「それにしても最近はめちゃくちゃやな。例えばテレビコマーシャルを見とってもやな、清潔に対する意識が極端に強過ぎると思わんか？　除菌や殺菌がいき過ぎとるぞ。ポンプ式の液体石鹸の、『ポンプ』の部分まで殺菌する商品があるやないか。どういうこっちゃ。

ほんなら、手を洗った後に閉める水道の蛇口はどないするんや！　と突っ込みたくなるわ。きっとそのうち手を触れずに水が出たり止まったりするようになるんやろ」

「お父ちゃん、もうすでに公共のトイレの洗面はそうなっとるで」

「ほんまやな！」

そしてそれらの反作用がすでに始まっており、過剰な除菌や殺菌は健康に必要な菌まで殺してしまい、逆に病気になるというケースも少なくない。

「あー、言わんこっちゃない！　良樹、すべてはバランスが大事やぞ。偏ったら栄養も悪いもんになる。ところが最近の映画でも音楽でも本でも光の方に偏っとるやろ。特に子どもに与えるもんは、正しくて楽しくて優しくて、ちゅうような『光』しか与えんものばっかりや。ビジネス至上主義で作っとる映画会社の作品が典型的やな。常に正義が正しくて強くて、主人公には闇のかけらもあらへん。『もうやってられへん！』て拗ねとるヒーローおるか？　おらんやろ。そこに出てくる悪にしたってやな、どこか可愛らしく加工されとって、アルコールの入ってないビールのように毒は抜かれとるんや」

「毒はあかんちゃうの？」

「あほか。アルコールは健全な毒や。毒にも健全なんと不健全なのがあるんや。まあ、そんなことはええ。それよりそんな映画や漫画ばっかり見とったら、心が栄養失調になるぞ。もっと絶望で終わるような映画とか、暗い音楽とか、不条理な小説とか小難しい本とか読まなあかん」

「それが健全な毒、ちゅうこと?」

「そういうことや」

「ほんなら不健全な毒って何?」

「確かに必要のない毒もあるわな。例えばそれは「妬《ねた》み」であり「憎しみ」であり「恨《うら》み」とかやな。こんな闇や毒はいらん。

せやけどな、闇や毒が怖いからちゅうて、全部排除してしもうたらどうなる?

光だけが大好きな間抜けな女子たちは、何でもかんでもハートマークを連発しよって、『かわいい』しか言わんようになる。

健全な闇を持たんアホな男子たちは、作られた世界の善を名乗るヒーローに憧れ、自分の価値観と合わないものを悪と呼び、悪を破滅させることに躊躇のかけらもあらへん。

楽しいことにしか興味のない奴らは、その由来も本質的な意味もわかんで、バレンタインやハロウィンパーティーやクリスマスで馬鹿騒ぎしよる。

SNSじゃあ、幸せの自慢合戦が繰り広げられ、毎日がハッピーやないと不安になりよる。

そうやって若者の心から健全な闇が消えていくんや。こんなんが健康的と言えるか? むしろ病気や。

せやけどそんな環境を作っとるのは大人のせいや。無害で毒のないハッピーエンドになる物語ばかりを読み聞かせ、苦《にが》くない甘いもんばかり食べさせ、醜《みにく》いものや汚いものには蓋《ふた》をして、そうやって子どもの生活から「痛み」や「苦しみ」や「悲しみ」を排除してしもうとる。

光と闇は表裏一体やぞ。心の闇を無くすちゅうことは、光も無くすちゅうことで、それは感受性や表情を無くすちゅうことでもあるんや。

お前はファストフードのハンバーガーは好きか？」

「ああ、よう食べとるよ」

「まあ、確かに食うたら美味いわな。せやけどな、ファストフードばかりを食べ続けたあげく味覚がバカになってしもうた人間は、化学調味料がなければ美味いと感じられんようになるやろ。それと同じように、感受性が乏しくなってしもうた人間は、わかりやすいハッピーエンドの物語しか受け付けられんようになる。

良樹、例えば子どもが無口だったり、家に閉じこもってばかりしとると、親として心配する気持ちはわかるやろ？　せやけどな、家に閉じこもっとることが決して悪いことばかりとは言えんのや」

「せやけど普通は心配するやろ」

「外で友達とのびのびと遊んどるほうが健全だと思うかもしれんが、もしかしたらやぞ、無口で部屋に閉じこもっとるような子どもは、心の闇の深い部分でのびのびと遊んでいるのかもしれんぞ。深海を自由に泳ぐクジラのように、素敵に自分を解放しているのかもしれん。それはわからん。せやろ？

野球にばかり夢中になる子どもがおるように、楽器にばかり夢中になる子どもがおるように、心の中の闇に夢中になる子どもがおったっておかしくはないやろ。違うか？

誤解するな、自分の子どもが引きこもっていても問題ない、ちゅうとるんやないぞ。引きこもっとることを親や周りの人間が、問題があると決めつけとることの方が問題や、ちゅうとるんや。だいたい偉い作家なんちゅうのは、みんな引きこもりみたいなもんやろ」

まさか作家や漫画家が、旅館やホテルに籠《こも》って執筆しているから引きこもりだと言っているのではあるまいな？

「わかるか良樹、例えばクジラにしたって深海を好きなだけ泳いだら、必ず海面に上がって来て新鮮な空気を吸うやろ。深く潜り過ぎて溺れ死んだクジラがおるか？　おらんな」

「おるかもしれんで」

「あほか、そんなん鳥が高く飛び過ぎて宇宙まで行っちゃって窒息死するくらいありえへんぞ！

そんな屁理屈はええから、ようするにやな、そんなクジラのようにや、ある時期は好きなだけ引きこもっとってもええやないか。いや、むしろそんな時間が誰にでも必要なんちゃうか。無理に急いで闇から引きずり出すよりも、闇の中の面白さやら、遊び方やら、光の世界に戻ってくる方法やら、そんなことを子どもに教えてやることの方が重要なんちゃうか」

「お父ちゃん、そんな難しいことが出来るんは、人生の達人だけや」

「まあ、そんなにきばらんでもええやろ。教えられんなら自分も一緒に遊んだらええやないか。一緒に闇の中でだらだらしとったらええんちゃうか？　お前だってもしハワイとか行ったらだらだらしたいやろ？」

「だらだらねえ。そんなんでちゃんと子供は育つんかいな？」

「お前よう言うわ。お前は三十過ぎて子どもが三人もおったのに、突然絵本作家になる言うてやな、三年も働かんでだらだらしとったんちゃうんか。それでも今は、お前も子どももそれなりにちゃんとしとるやないか」

痛い所を突いてくる。

「人間ちゅうのは見た目が子どもでも中身は大人と同じや。生まれた時から人間は人間。芋虫からさなぎになって蝶になる昆虫とはちゃうぞ。

無邪気なところもあれば、えげつないことや残酷なことかてするしやな、あるいは、どんな痛みや悲しみかてちゃんと受け止められるんや。子どもかて心の中にしっかり闇を持っとる。大事なのはその闇をどう育てるかや」

不敵な笑いを浮かべながら哲和の影が画面から消えた。後に残ったのは少し困ったような良樹自身の顔だった。


私が思う「心の闇を育てる」とは、例えば醜いものの中から妖《あや》しい美しさを感じ取り、恐怖の中から絶対的な自然の力を悟り、残酷さの中から生きていることの矛盾を知り、絶望的な状況の中でも海賊のように笑っていられるふてぶてしい生命力を身につけることだ。

そして時が来れば思い切り光り輝けばいいだろう。影を濃くすればするほど、光は輝きを増すのだ。

真っ暗になった部屋の中、キラキラとした星座のように言葉が光り輝いていた。

「子ども達よ、世界は想像しているよりも遥かに広くて大きくて深くて怖くて面白いぞ。光の世界ばかりだけでなく、闇で遊べ！　闇に浸れ！　闇で眠れ！」

私は小さな頃からひな人形を見ているのが好きだった。男の子にしては珍しいのかもしれないが、ひな人形にはぞっとするような美しさが宿っていて、私の心を惹きつけるのだ。

そしてひな人形を見るたびに、私は妹のことを思い出してしまう。それが何故なのかはわからない。

ひな人形が放つ美しくも儚い、深く静かな強さと妹の雰囲気が重なるからなのかもしれない。

あるいは、あの時の心の痛みがそうさせるのかもしれない。


そんな妹も今では二児の母。田舎で小学校の先生を立派にやっている。

もう二度と二人で観覧車に乗ることはないだろうが、私の心の中で観覧車に乗ったままのあの日の自分が、無限軌道のようにずっと空中を回りながら、立ちすくんでいる小さい妹の姿を探している。

第8章

常識を疑え！　反対側から見ろ

「早起きは三文の徳」という諺がある。早起きするといいことがあるという意味であるが、これとよく似た諺がアメリカにもある。

「ジ　アーリーバード　ゲッツ　ザ　ウォーム」＝早起き鳥は、虫にありつける。

確かに鳥からしてみれば、早起きは得をする。しかし反対の虫の方から見てみるとどうなるだろうか？　早起きしたために鳥に食われてしまって、早起きは損どころか命取りだ。

つまり物事には必ず表と裏がある。片一方からしか見ていなければ裏にある真実は見えてこない。

常識だと思っていることも反対から見てみることが大事だ。

正しいと思っていることが、とんでもない間違いだってこともある。

常識を疑って反対側から見てみろ。

勝者の立場からだけではなく、弱い立場の者の視点を持て。

桃太郎は本当に正義の味方なのか？　鬼からしてみれば、平和に暮らしていたらある日突然、桃太郎なる者が犬や猿やキジを引き連れて島に乗り込んで来て、ただ自分たちは「鬼」という理由だけで殺され、財産を奪っていかれたという話になる。

似たような実際の話がアメリカのインディアンと白人の西部劇ということだ。

『自分にとって都合のいい正しさを振りかざすような人間にはなるな』


これは良樹が哲和からもらった一度きりの手紙である。

家族に手紙を書くなどという柄ではない男が何故息子に手紙などを書いたのかというと、良樹が中学一年の時に林間学校というのがあったからだ。その時のイベントの一つとして、父親から預かった手紙を合宿の夜に子どもに渡してみんなで読むというのだ。

つまり学校からの依頼で、強制的に無理やりに書かされたのだった。


林間学校前日の夜。

「そういえば哲ちゃん、良樹への手紙ちゃんと書いたん？」突然康子が思い出した。

「康子、お前書いといてくれ」豆をつまみに酒を飲みながら哲和が答える。夜も遅く子どもたちはみんな寝てしまっている。

「何言っとるの、それはあんたが書かなあかんよ」

「もう酒飲んでしもたから、お前書いてくれ」

「飲んどっても字ぐらい書けるでしょ。何でもいいから自分で書かな意味ないでしょ」

まるで宿題を嫌がる子どもが叱られている図である。

「まいったな」と言いながら哲和は渋々ペンをとる。

「しょうがない。じゃあいっちょう、びしっと書いたろか！」

初めから黙って書けばいいのに、と思う康子だった。


林間学校当日の夜まで子どもには手紙の存在は知らされておらず「みんなのお父さんからみんな宛に手紙を預かっています」と言う先生の言葉に「まさかうちのお父ちゃんは手紙なんか

書くわけがない」と思っていた良樹は、実際に封筒を渡された時、きっと中身は白紙か、母康子が代わりに書いたものに違いないと思った。

しかし封筒を開けて手紙を読んでみると、間違いなく父哲和からの手紙だった。

そこには我が子を猫かわいがりするような甘い言葉は一切なく、むしろ武士の息子が父親に向かっていくところを竹刀でビシッと打ち込んでくるような厳しい言葉が並んでいたが、満天の星空の下、キャンプファイアーの灯りで読む父の言葉は、良樹の胸にぐっと突き刺さった。

ところで林間学校というのは、中学生になったばかりの子どもたちが、山の中にあるキャンプ場で一晩過ごし、キャンプファイアーでフォークダンスを踊り、みんなでカレーを作り、楽しい共同生活を体験する、いわばちょっとした修学旅行だ。と、思っていたらとんでもない。

集合時間に遅れれば殴られる。靴の脱ぎ方が悪いと殴られる。声が小さくても殴られる。掃除をさぼっていた者がいれば連帯責任として班ごと先生の部屋に連れて行かれ、正座をさせられたまま数時間監禁される。さぼっていたのはもちろん良樹なのだが、まるでちょっとした軍隊だ。

今までの安穏とした小学校生活が終わったことを体に教えられた。これからは、規律第一で軍隊さながらの厳格な管理体制が始まるのだ。

当時の愛知県の管理教育は全国的に有名で、問題になっていた。

男子は五分刈りの丸坊主、女子はおかっぱ。先生が生徒を殴るのは当たり前で、竹刀やバットを持ち歩き、それで尻を叩く先生もいた。通称「ケツバット」というその体罰はとんでもない痛さで、みみず腫れが二日三日引かない。先生の権力は絶対で、ＰＴＡが口を出すこともなかった。今からでは考えられないことだが、当時の愛知県内では管理教育が常識で、学校内でどんな体罰があったとしても、保護者から問題視する声は上がらなかったのだ。

良樹より五学年上の真が中学在学中にある事件が起こった。

技術家庭の授業中にふざけていた生徒を懲《こ》らしめるために、先生があろうことか電気のこぎりをその生徒の顔に近づけて脅かしたのだ。ところが先生は誤って手を滑らせ、生徒の耳を少し切ってしまった。

もちろん教室中騒然となり大騒動となった。おそらくその先生は何らかの処罰は受けたのだろうが、世間的に騒ぎになることはなかった。もう四十年以上前の話ではあるが、もしこれが現在であるならマスコミがやってきてとんでもない問題になっていたことだろう。

しかしながら一見異常に思われる当時の光景なのだが、常識にとらわれずに反対側からも考えてみることが大事だ。そもそも現在とはまったく時代背景が違うということを忘れてはいけない。

当時昭和四十年から五十年にかけて、中学、高校は全国的に最も荒れまくっていた時代だ。

一部ではあるが、学校に大人顔負けのやくざのような不良たちがいて校内で暴れていたし、実際良樹が入った中学も、三年生の番長が学校にバイクで（もちろん無免許で）やって来ては校舎の廊下を走り回っていた。ときどき他の中学の不良たちが角材を持って乗り込んで来ては、任侠映画の抗争シーンのような光景を繰り広げていた。

この時代にヒットしていたのが尾崎豊の『卒業』だ。しかし尾崎の方がまだましで、彼は夜の校舎の窓ガラスを壊してまわったのだが、良樹の中学では昼の校舎の窓ガラスが壊れていくのだった。（実際に尾崎が壊していたのかは知らないが）

つまりそんな時代、やり方はどうであれ当時の愛知県の先生たちは、不良どもにひるむことなく竹刀やバットを手にして戦っていた。

中には命がけで挑んでいく先生も数人いて、その先生に見つかるとさすがの番長も、まずいとばかりに逃げ出すのだ。

体罰についてはいろいろと意見もあるだろうが、いかなる理由においても体罰や暴力だけは許しません！　と、もっともらしい正義を振りかざす親たちはいかがなものか？

親の立場からすればごもっともな意見だが、教育の現場で実際に生徒たちと向き合っている先生たちの側からも考えることが重要だ。

常識を疑って、反対から考えてみる。

もちろん教育的な体罰だと偽って、私的な理由で暴力を振るう人間がいるからこそ体罰自体が問題になってきたのではあるが、こうして体罰を封じられた全国の先生たちは、荒れ狂う子どもたちにどう立ち向かえばいいのか。ピストルを取り上げられたおまわりさんは、どうやって凶悪犯に立ち向かえばいいのか⁉

それともルールや校則を厳しくして、そんな子どもたちは片っ端から排除してしまえばいいのだろうか。それが本質的な解決とは到底思えない。

現在の小学校の校則には、いじめ対策として「あだ名禁止」という学校があるそうだ。男女関係なく、すべての生徒の名字に「さん」をつけて呼ばなくてはいけないというものだ。

確かにあだ名には心ないひどいものもある。しかしあだ名を禁止することでいじめが軽減するのだろうか。あだ名には、相手との距離を縮め親近感を与える柔らかさがある。名字に「さん」づけでは、他人行儀で堅苦しい。

臭いものに蓋をするというやり方では、本質的な解決にはならないだろう。

さらに呆れて驚いたのだが、学校によっては先生が生徒を名指しで注意をしてはいけないのだそうだ。

つまり「おい、岡根静かにしなさい」と個人を注意するようなことは言ってはならず「おい、その辺静かにしなさい」と個人を特定できないように言わなければならないというのだ。いったいどんな経緯でそんなアホなルールができたのか？　そこまで親からのクレームを気にして教育も何もあったもんじゃない。

果たして学校という現場から体罰や暴力を取り上げ、親からのクレームにすべて応えたところでいったい何が解決されるのだろうか。現在の学校では、一見して目に見える体罰や暴力はほとんどなくなっていることは確かだが、目に見えないもっと陰湿ないじめや差別は増えているという。

仮に体罰を禁止したことで実際の暴力がなくなったとしても、子どもたちはコンピューターゲームの中で殴り合う。本当に殴り合うのならば痛みが伴うが、ゲームの中では痛みはなく、勝った時の爽快感だけが記憶される。これが恐ろしいことだと気づかせてやらなくていいのだろうか。

自宅の書斎で書き物をしていた手を休め、椅子の背もたれに体を預けて伸びをしたとき、蛍光灯によってできた良樹の影が、すーっと白い壁に伸びて、それが哲和の姿になった。

「おう、良樹。あのなあ、ときにはちゃんと子どもを殴ってやらんとあかんぞ。ちゃんと自分の手で殴るんや。子ども同士のけんかもそうや。自分の手で殴り合えばええんや。自分の手で殴ればやな、自分の手も痛いから『きっと相手も痛いんやろな』と気づくやろ。そうやって物理的な『痛み』が伴わなければわからんこともあるぞ。

ところがやな、怪我をすることも痛むこともないから安心や言うて、コンピューターゲームを子どもに気軽に与えとる親がぎょうさんおるわな。ありゃあ、あかん。

誰か心ある頭のええ人間がゲーム会社に就職して、あの殴り合うゲームを殴るたびにプレイヤーに電気ショックを与えるように作り直してくれんかのう。一画面クリアするのに死ぬほど痛まなあかんようなゲーム機を作ってくれればええんや。痛みを伴わんケンカなんて何の意味もあらへん。棒を使うて人を殴るようなもんやぞ。卑怯やろ。

『父さんにも殴られたことがないのに！』なんちゅうセリフを主人公が吐くアニメがあったやろ、そんなことを言うとる子どもがいつか金属バットで親を殴ったりするんや」

それは言い過ぎだが、確かに凶悪な事件を起こした少年に対する周りの印象は『あんな大人しそうな子が』というのも多い。

「痛みを学ばんちゅうことはとても危険なことなんや。痛みこそが生きとる、ちゅう実感なんやぞ。わかるか？　殴られた方はもちろん痛いけどやな、殴った方の痛みもまた深く心に残るもんや。傷ついたことと同じように、いやそれ以上に人を傷つけた痛みは、大切な体験となるんや。ここが肝心やぞ。その痛みによって人間は心の中に『罪悪感』が生まれる。ええか、その罪悪感が人間には大事なんやぞ。憶えとけ」

そう言うと机の蛍光灯はカチカチと瞬き、哲和の影は消えていた。

私が小学生の時に読んだ漫画『ドラえもん』の中に、とても好きなシーンがある。一度だけのび太がドラえもんに頼らず、ジャイアンにケンカで勝つシーンだ。

何度殴り倒されても決して負けを認めずに立ち向かってくるのび太に、ついにジャイアンが恐れをなして逃げ出すのだ。

殴りつける自分のげんこつの痛みが、いやでも相手の痛みを知ることになり、それが相手の気持ちをも知ることになる。

猛烈な痛みをこらえながらも立ち上がってくるのび太の諦めない心が、ジャイアンの罪悪感を引き出し、その罪悪感にジャイアンは打ちのめされたのだ。しかしこの罪悪感こそが人間である証しであり、もし罪悪感がなければ、ジャイアンはただの乱暴で傲慢な醜い動物だ。

「乱暴はやめなさい。人間なんだから言葉で戦いなさい」

果たして本当にそうなのだろうか。

肉体的な暴力より、もっと恐ろしいのは言葉の暴力ではないだろうか。痛みを伴わずにただ相手だけを傷つける暴力。

言葉の暴力を振るう者は、相手の痛みにどうやって気づくことができるのだろうか。

「もう何やってるのよ、あんたは。あんたなんか産まなきゃよかった」

感情が高ぶって何気なく言ってしまった言葉かもしれない。言った方には傷つけるつもりはなかったとしても、言われた方には一生消えない深い傷として残る。

それなら「何やってるの！」とビンタされた方がよっぽど健全ではないだろうか。

私は、一つの仮説として本質的な体罰とはコミュニケーションの一つではないかと思っている。もちろん道具を使って殴るのはもってのほかであるが、肌と肌が厳しく触れ合い、お互い痛みを持って一つの思いを共有するのであれば、それはノンバーバル（非言語）コミュニケーションと言えるのではないだろうか。

実際良樹も真も子どもの時分には哲和によく殴られた。真の場合はそろばんで殴られたり、テーブルの椅子をぶつけられたりして体罰というよりは、ただの暴力に近いものもあった。しかしいずれにしても暴力なのか、教育なのかは受け取る側の問題で、少なくとも良樹も真も父親はよく殴る人間だったという印象はあるが、暴力を振るわれていたという認識はまったくない。

会話の少ない父親だったが、良樹は小学生の時に毎朝哲和に連れられて小学校のグラウンドでサッカーの練習をした。練習と言っても野球のキャッチボールのように、ただひたすらボールを蹴り合ってパスを出し合うだけだ。それが小学二年生の頃から六年生までの五年間続いた。ただボールを蹴り合うだけで、特に技術的な指導はないのだけれど、それはれっきとしたコミュニケーションだった。

ただ蹴ればいいわけではなく、相手の取りやすい位置をめがけて蹴る。初めは近くから、そしてだんだんと距離を遠くしていき、強いボールを蹴る。油断するとボールは反れてしまい、それを受け取る側は必死で取りに行く羽目になる。

いいボールを蹴ることができた時は嬉しくなり、強いボールが返ってきて受け止められた時も嬉しくなる。

ときどき強く蹴ったボールがとんでもない方向に飛んで行って、学校の窓ガラスを割ったことも何度かあったが、学校に住み込みで勤めていた用務員のおじさんが「いいよ、いいよ」と内緒でガラスをはめてくれたりした。

たまに練習の後でグラウンドの隅に生《な》っていたザクロの実を採って食べたりした。

言葉を超えた、あるいは言葉を必要としないコミュニケーションがそこには確かにあった。


これからの教育の現場において（それは学校だけではなく職場や家庭においてもという意味であるが）、体罰というグレーゾーンのコミュニケーションを排除するよりも、コミュニケーション自体の質を向上させていかなければならない。

正しいことをただ伝えるだけがコミュニケーションではない。コミュニケーションにおいて最も大切なことは、何を伝えたかではなく相手にどう伝わったかなのだ。

哲和の言葉通り、こちら側の一方的な正義は、決して相手にとっての正義とは限らない。

話せばわかるという理想論や、排除するといったやり方ではいじめは解決しないし、戦争も終わらない。


頭にただわからせるコミュニケーションから心に響かせるコミュニケーションへと進化させ、排除ではなく共存の道を開拓していかなければならない。

しかしそれはきっと多くの痛みを伴うことに違いない。

第9章

人生は大袈裟に生きろ

「俺が死ぬときは、セスナで国会議事堂に突っ込んで死んだる！」

哲和の口癖だった。

酒を飲み過ぎて酔いつぶれる寸前になると誰も訊いていないのに、自分の人生の最期を語り出す。

「ええか、悪徳の政治家を全員巻き添えにしてやるんや！」と、国家権力に一泡吹かせて英雄にでもなろうというのか、子どもたちも呆れて誰も相手にしない。そんなことをしたらこの日本では、英雄になるどころか残された家族が「テロリストの家族」としてその先、生き地獄を味わうことになる。


そして、もう一つ違うバージョンもある。

「おい、お前らに言うとくぞ。俺は将来介護なんていらんから、その代わりキャンピングカーを一台買うてくれ。それで中国の満洲があった場所に行って一人で死んだるわ」

「満洲ってどんなとこ？」良樹が尋ねる。

「何も無いとこや。三百六十度ずっと地平線や。冬はな、マイナス三十度になるんやぞ。どうや、すごいやろ」

たしかにすごい。しかしだから何なんだ、という話である。

康子は隣で「ああ、やっとそろそろ寝てくれるわ」と思うのであった。

ある時良樹が「もうこんなおんぼろの家嫌やわ」と言うと、

「待っとれ、そのうちでっかい家をハワイに建てたるぞ！」と哲和が答える。

何故ハワイに⁉ 良樹にしてみてば、小さくてもいいからつっかえ棒がいらない安心な家をここに建てて欲しかった。

またある時は、

「俺は、高校一年の時からサッカー部のレギュラーやったぞ。せやから補欠の先輩が俺のシューズを持って試合についてくるんや。あのままサッカーだけやっとたら、オリンピックに出とったかもな」とか。

「受験が数学だけやったら、俺は東大行っとったぞ」とか。

とにかく酔っぱらうと哲和は、スケールのでかい話ばかりする。本当に大袈裟だった。

しかしこの大袈裟は、岡根家の遺伝なのである。良樹の祖父、つまり哲和の父、朝彦も大袈裟な男だった。

良樹が小学一年の夏休み、末っ子の和実が産まれるということで、良樹と真の二人は、哲和の郷里和歌山にある朝彦の家に預けられた。康子が自宅で出産をするからだ。

当時は大半の家庭が子どもを産むときは病院ではなく、産婆さんを呼んで家で産んでいた。ちょうど夏休みということもあって、何かと手のかかる男の子二人を和実が産まれるまで朝彦が預かってくれたのだ。

和歌山県新宮市の「浮島《うきじま》」という風変わりな場所が、朝彦夫婦と高校時代の哲和や弟が住んでいた所だった。

朝彦の住居のすぐ裏手が森になっており、その森は「浮島」という名前の通り土地が沼の上に本当に浮いていて、大人数人がジャンプすると森全体が静かに揺れるのだ。

この森の植物は非常に珍しく、日本の気候では育つはずのない異国の植物がたくさん自生しており、世界中の植物学者がここを訪れるという。

大昔にこの辺りで大きな津波があり、その時にこの森の土地がひっくり返ったらしく、一瞬にして茂っていた木々が地中に埋まり、メタンガスが大量に発生したためではないかと考えられている。


と、まあ住んでいる場所も大袈裟なのだが、この朝彦が哲和以上に大袈裟で見栄っ張りな人だった。


小学五年の夏まで隣町の勝浦小学校に通っていた真とは違い、保育園の途中で引っ越した良樹は新宮に来ても遊ぶ相手がおらず、一人暇にしていたところを朝彦がつかまえ昔話をする。

「良樹、じいちゃんはなあ、戦争でソ連軍に捕まったんやで」

「ほんま？　怖かった？」

「そらソ連の兵隊ちゅうたら鬼よりも怖いで」

「へええ」

「それがな良樹、ほんまやったら捕虜になった人間は、毎日鞭で打たれながら重労働させられて、飯も食べさせてもらえんで、死ぬまで働かせられるんやで」

「うわあ、そんなん嫌や。じいちゃん、よう生きて帰って来れたね」

本当に怯えながら良樹は朝彦の話に聞き入る。

「そやけどな、じいちゃんは宮大工の技術を持っとったから、ソ連軍がその宮大工の技術を教えて欲しくてやな、じいちゃんだけ特別待遇やったんや」

「へええ、すごいね、じいちゃん」

「みんなはな、狭い部屋に十人ぐらい入れられとるのにやな、じいちゃんだけ個室やぞ」

「そら凄いわ」

「みんなは芋ばっかり食わされとるのにやな、じいちゃんだけ毎日ステーキ食っとったわ！」

と、目を輝かせて聞いている良樹の横で朝彦はおかしそうに笑う。


まったく大袈裟な話である。

ソ連から招かれた親善大使でもあるまいし、戦争で負けた捕虜が、個室でステーキを食っていたなんて話は、世界中探したって出てこないだろう。

むしろ真実は、言うことを聞かない頑固な捕虜が、独房に入れられて、ネズミでも捕まえて食べていたのではなかろうか。

もしそうだとするならば、物は言いようである。

確かに大袈裟な話ではあるが、大袈裟とはただ事実を誇張しているだけで、決して嘘ではない。ここが肝心なところだ。

事実はどうであれ、この「大袈裟」という魔法のおかげで地獄のようなつらい思い出が、豪快な武勇伝に代わる。

だとしたらそれは素晴らしいことではないか。大袈裟だって悪くない。

成長し、大人になった良樹は間違いなく、この岡根家の大袈裟な遺伝子を引き継いでおり、もはや何を語っても大袈裟であるというのは周知の事実である。

例えば「小雨」のことを「土砂降り」と言い、「一年前」のことを「大昔」と言い、「ビックリした」ことを「内臓が飛び出した」とか言ったりする。

文字にしてみると確かに大袈裟だ。

しかしちょっと大袈裟な方が人生は面白くなる。

だから私は、子どもが産まれた後もビデオで記録を撮ることをしなかった。運動会であれ、お遊戯会であれ、ピアノの発表会であれ、写真は撮ってもビデオは撮らない。

写真は一瞬を記録するだけなので、大袈裟になっている思い出を壊すことはないが、ビデオは駄目だ。

大袈裟だった素敵な思い出が、急に普通の出来事にしぼんでしまう。

数年前、私が社長を務めている会社のオーナーである桑原と二人で、初めて中国に旅行に行った。その時の万里の長城での出来事だ。

実際は小雨が降る中を一、二時間くらい歩いたのだろうが、私の記憶の中では、嵐のような土砂降りの中、遥か彼方まで続く万里の長城をずぶ濡れになりながら延々と二人で歩いたことになっている。


さらに桑原は途中で具合が悪くなり（実際に）顔を真っ青にして長城の途中にあった塔の中で倒れこんでしまった。

すると見ず知らずの怪しい中国人がそばにやってきて、突然謎の漢方薬を取り出し、弱っている桑原の口をこじあけ、無理やりに口の中にその漢方薬を押し込んだ。

「うっ！　苦い」と桑原は声を上げるも、その中国人は矢継ぎ早に、今度は魔法瓶に入っていた液体を桑原の口に流し込む！

「うわあ！　熱い！」

なんと、その液体は煮えたぎる熱湯だったのだ。
あまりの熱さに身もだえる桑原。
そこに群がる野次馬たち。
不敵な笑みを残して逃げるように立ち去る謎の中国人。

とまあこんな具合だ。
めちゃくちゃ面白い話ではないか？

ところがもしその時の様子をビデオで撮っていたら……。
ちょっと具合が悪くなった桑原に
親切な中国人が漢方を分けてくれて
そのときのお湯がちょっと熱かった。

という感じだろう。

全然面白くない。

だから私はプライベートでは一切ビデオを撮らない。思い出は大袈裟な方がいい。

事実なんていうのはたいして意味はなく、その出来事にどれだけ感情移入をしたのかが重要なのだ。

万里の長城でのあの日は、私にとっては小雨ではなく、間違いなく土砂降りだった。朝彦の逸話だってそうだ。敗戦でソ連軍の捕虜になり、語るもむなしいみじめな過去を引きずって生きていくよりも、武勇伝として胸を張って笑い飛ばしながら生きる人生の方が遥かに素敵だと思う。

何でもないことを、面白かったことに変えてしまう。とんでもないことを、笑い話に変えてしまう。大袈裟とは人生を楽しくさせる魔法なのだ。

そのための秘訣は「人生を深刻に受け止めない」ということだ。

深刻な問題にぶつかった時に人はどう乗り越えていけばいいのか？

挫けたり心が折れたり、人間なのだから時にはそんなことだってある。

私の大好きな映画の一つに『ホテル・ニューハンプシャー』という古い映画がある。原作はアメリカの哲学的作家ジョン・アーヴィングという人だ。

その映画は、夢想家の父親を中心とした八人に熊一頭と犬一匹という大家族の、悲しくもおかしい、奇妙で素敵な物語である。

とにかくこの家族は問題だらけで、長男はゲイで、長女はハイスクール時代に同級生たちから輪姦され、次男は長女に恋をして近親相姦、次女は成長できない病を患い、末っ子と母親は飛行機事故であっけなく突然亡くなってしまう……。

あらすじだけでも相当悲惨で救いがないのだが、さらに非日常的な災難や悲劇が次々に起こる。

それでも「人生を深刻に受け止めない」という父親のポリシーが映画を観る者に静かに魔法をかけていく。

これだけのトラブルに巻き込まれながらも、映画には悲壮感がなく、いやそれどころか爽快感が込み上げてくる。

次々に振り掛かる不幸をガッツと根性で乗り越えるのではなく、吹く風に身を任せ、たゆむことで生き延びる竹林のようなしなやかな強さがこの映画には宿っている。とても不思議な映画だ。

良樹が小学生の時こんなことがあった。

「おい、康子。会社潰れたぞ」

まるで「床屋に行ってきたぞ」くらいの感じで哲和が康子に言った。

康子は一瞬哲和が何を言っているのかわからず、ゆっくりとその言葉を頭の中で反芻《はんすう》させた。

「え？　潰れたって！　どういうこと？」

「どういうことも、こういうこともあるか！　会社が潰れたんや」

まるで自分も今知ったかのような口調で哲和は答える。康子はそれまでの経緯をまったく知らされておらず、まさに青天の霹靂《へきれき》であった。

「何よ、突然そんな恐ろしいこと言って、明日からどうするの⁉」

「どうもこうもないわ。どうにかなるやろ。おい、酒くれ」

ある日、従兄の満茂が経営していた会社が倒産したのだ。数人でやっていた建設設備の小さな会社だった。

岡根家は知っての通り裕福ではなかったが倒産となると「貧乏」程度では済まされない。育ち盛りの子どもを四人も抱え一家七人がどうやって食べていけばいいのか、康子は当然頭を抱えた。

「あ、それからな、明日差し押さえが来るからな。まあ頼むわ」

まるで子どもが「明日は給食がないからお弁当頼むね」というノリだ。

差し押さえとは、債権者が借金のかたに債務者である社長の満茂の家を始め役員の自宅から、金目になるものを強制的に取得するという法的手段で、役員をしていた哲和の家も、その対象となったのだ。まさに最悪の状況だ。

にもかかわらず、涼しい顔をして酒を飲む哲和。

「まあ、今さら始まったことやない。この人と結婚したときからずっとこんな調子やから、こっちが深刻に悩むだけあほらしくなるわ」と、康子は心の中で呟《つぶや》いた。

「それにしても差し押さえかあ。家電まで取り上げられたらかなわんなあ」

しかし子どもたちはそんなことは何も知らなかった。

そしてその最悪の状況の中、康子はどうしたのかといえば……。その日の夜。

康子は子どもたちを全員集め、一人ひとりに油性のマジックを一本ずつ渡した。

「今から落書き大会やるよ！　机でもテレビでも箪笥《たんす》でも好きなだけ落書きしな！」

「やったー！　じゃあシールも貼ってええの？」

「ええよ。好きなだけ貼りな！」

「わーーい！」

四人は大喜びで書き始めた。こんなに面白いことはない！ 冷蔵庫やテレビや机やテーブルやベッドだけでなく、家の柱にも書いたし、つっかえ棒にも書いた。

普段は夢中になって見ているテレビアニメには目もくれず、大はしゃぎで書きまくった。まるで初めての海外旅行が決まったかのような、大袈裟な夜だった。

一人静かに時代劇を見ながら酒をあおっている哲和はもちろんのこと、康子の表情にも不安のかけらもなく、はしゃいでいる子どもたちを嬉しそうに見ていた。

当時、差し押さえの暗黙のルールとして、子どもの物には手をつけないというのがあったそうだ。果たしてテレビや冷蔵庫に落書きがしてあるからといって、子どもの物になるかどうかは疑問だが、少なくとも商品価値を落とすというセコイ効果はあっただろう。

結局会社は倒産したが、岡根家には差し押さえは来なかった。

だから四人の子どもたちは、そんなことも倒産したこともずっと後になってから知った。

今ではそんな思い出の家はすっかり跡形もなく、哲和たちも別の地に家を建てて移り住んで、もうそこには誰も住んではいないのだが、でもあの楽しかった夜のことはみんな忘れずに憶えている。

不安も悲しみも絶望も、人間の心が作り出すもの。実際にはそんなものは幽霊や化け物と同じなのかもしれない。

あると思って恐れている者にとっては、どんなものでもお化けに見えてくるし、あるわけないと笑っている者にとっては、たとえ本物のお化けが現れたとしても、着ぐるみのいたずらにしか感じなかったりする。

母親に不安のかけらもなかったおかげで、実際に岡根家の子どもたちにも不安というお化けは現れなかった。

人生は深刻になるな、笑って大袈裟に生きろ。

悲しく惨めで最悪になるはずの夜が、嬉しくて面白くてめちゃくちゃ楽しい夜になった。あの夜のことは、ビデオも写真も何も残っていない。だけど、そっと目を閉じるだけで、まるで幻灯機で映し出された白黒映画のように、カタカタと音を立てながらあの楽しかった大袈裟な夜の映像が静かに流れ出すのだ。

第10章

自分を信じるな、雑学から学べ

小学五年生の夏休みの宿題で、良樹が本棚を作っていた。縁側に材料を広げて、のこぎりで木材を切っていると、

「おい、良樹。何しとるんや。それじゃああかんわ」

たまたま仕事が午前中で終わって、たっぷり高校野球を見終わって暇を持て余していた哲和が良樹に声をかけた。

「え、何が？」

「お前がさっきから上手く板を切れんのは、のこぎりを押す時に力が入っとるからや。のこぎりは、引くときに力を入れなあかんぞ」

「あ、そうか！　引くときに力を入れるんか」

「お前のやり方はアメリカ式や」

「え？　アメリカと日本は違うの？」

「そらアメリカと日本は全部逆や」

「そうなん?」

「ああ、見事に全部逆や」

もちろんすべてが逆ではないことは哲和も知っているが、大袈裟に話を続ける。

「のこぎりだけやないぞ、カンナも日本は引いて削るけど、アメリカは押すんや。何でか知っとるか?」

逆であることを知らないのに、その理由まで知るわけがない。

「日本人はもともと漁師の国や。獣の肉は食わん。魚しか食わんかったんや。つまりやな、魚を捕るには地引網やろ。せやから日本人は引く力が強いんや」

「じゃあアメリカ人は?」

「欧米人は肉食や。ヤリで突いたり投げたりするから押す力が強いんや」

「へええ」

それが学術的に正しいのかどうかはわからないが、ものすごく説得力のある論理だった。

とにかく哲和という男は本を読む。新聞も隅々まで読む。テレビもNHKしか見ない。

だから相当の博学なのだ。

「アメリカは名字と名前も逆やろ。住所の書き方も逆。何でか知っとるか?」

「逆なのは知っとるけど、何でかは知らんわ」

「それはな、個人を表現するときの価値観が違うんや。アメリカ人は個人を優先させるけど、日本人は全体を優先させるんや。個人は全体の一部ちゅう考えや」


それについては最近ある人から面白いことを聞いた。

欧米では、子どもたちが遊んでいるとき、誰かを輪の中に入れてあげる際に「ジョイナス」という言葉を使う。ジョイント、アス。一緒に遊ぼうという意味だが、直訳すると「私たちに繋がれ」となる。

それに対して日本人の子どもは「混ざりな」と言う。「入れて」と言うときも、「混ぜて」と言う。繋がるということは、固体と固体が一時的に一つになっている状態のことで、あくまでも個人という価値観は失われていない。

しかし日本の「混ざる」という感覚は、液体のことであって、混ざってしまえば個人は失われ、一つの価値観に統一される。

アメリカではその集団から離れるときは、手を離せば簡単にジョイントは切り離すことができるのだが、日本のように一度混ざってしまったものはそう簡単にはいかない。

くっついて混ざってしまった手を離すことができないので「手を切る」しかないのだそうだ。

なるほど、面白い。

「それからな、玄関の扉の開く向きも逆さまやぞ。日本は外に向けて開くのに、アメリカじゃあ内側に開くんや」

「なんで？　なんで？」

「そらお前、日本人はみんな狭いところに住んどるから玄関も狭いやろ。その玄関で扉が内側に開いたら、靴や下駄が引っかかってどうしようもないぞ。せやから外側に開けるんや」

「ほんなら、アメリカでも外側に開いたらええやん」

それはもっともだ。いくら玄関が広くても、外側に開いた方が便利に違いない。

さすがの哲和も言葉に詰まると思いきや

「それはお前が日本人やからそう思うんや。基本的に日本は、みんな親戚で平和な国やからな」

「え？　どういうことなん？」

「つまり押し込み強盗なんかないっちゅうことや」

「強盗!?」

「外から強盗が入ってくるときに、扉が外側に開くんやったら簡単に入ってこられるぞ。内側に開くようにしとけば、そこにテーブルでも本棚でも咬《か》ませて扉が開かんように押さえられるやろ。つまり内側に扉が開くんは、強盗防止のためや」

「へええ！　なるほど、ほんまやね」

「頭の悪い奴らが欧米人の真似して、ゴールドの首輪を着けとるけどな、もともとあれは、夜中に襲われた時にすぐに逃げられるように、財産を首輪や金歯に変えて肌身離さず持っとるためや。こんな平和な国で、財産を首に巻き付けてどないすんや。ちゃんちゃら可笑しいわ」

実際に敗戦後の満洲で、中国人による日本人への強盗や暴動などを目の当たりにしてきた者ならではの視点だ。


また哲和は、ストローを一切使うことがない。ジュースはもちろん真夏でもコーヒーはホットしか飲まない。

「良樹、知っとるか？　ストローの起源ていうのはな」哲和が語り出す。

「昔ヨーロッパのカフェっていうのはレストランの外の路上に面したところにあってやな、馬車が道を通るたびに砂埃《すなぼこり》が舞ってコップの中に入るやろ。だから店の人間が考えてやな、麦わらを一本コップに差して、綺麗な底の方からお飲みください、汚れた上の方は残してください。というのがストローの起源やぞ」

「へえ、父ちゃん物知りやねえ」と良樹が感心する。

「つまりやな、ストロー出してくる店っていうのは『うちは埃だらけの店です』って言っとるようなもんやぞ！　せやから俺はストローなんかつけて出してくるようなものは、飲まんのや」

と明らかに時代錯誤な情報を誇らしげに語る。

「それから香水の起源やけどな……」

話は延々と続き、終わりがない。

良樹がこうして宿題の工作のことなどすっかり忘れて、哲和の雑学に聞き惚れているうちに、日はとっぷりと暮れてしまうのだった。

一見すぐには役に立ちそうもないのが雑学なのであるが、直接すぐに効果がある薬やビタミン剤とは違う何かがある。雑学とは、野菜や小魚のようにじっくりと時間をかけて摂取することで身になるような、本質的な栄養がたっぷり含まれている。

哲和のうんちくがきっかけで良樹は雑学に目覚め、夢中になった。

家の本棚の中に、分厚い雑学事典なるものがあった。そこには世界中の面白い雑学がたっぷりと詰まっていて、中でも一番驚いたのが、新聞紙を何回折り畳めば富士山の高さになるか？という雑学クイズだった。

直感的に考えて、何千万回という途方もない回数だろうと思った。

ところが答えはたったの二十五回なのだ。あまりにも自分の感覚とかけ離れた回数に驚いた。だから良樹は初め、これは意地悪クイズか、とんちクイズなのかと思ったのだが、解説を読むとそうではなく、れっきとした数学の問題で、その答えは正しかった。

しかし新聞紙をたったの二十五回折っただけで、果たして本当に富士山の高さになるものだろうか。

計算をしてみる。新聞紙の厚さを０・１ミリと考えて、一回折ると０・２ミリになる。二回折るとその倍の０・４ミリ。三回目で０・８ミリ、四回目で１・６ミリ、繰り返し続け十回目では１０２・４ミリ。

十回折っただけで十センチ以上にもなることは驚きだったが、それにしても富士山の高さには程遠い。

もちろん物理的にはこれ以上折ることはできないので、あくまでも計算上でのことだが、さらに繰り返し折っていくとゴールとなる二十五回の半分の十二回で、４０９・６ミリ、約四十センチ。

半分の回数まで折って、富士山の高さに対して四十センチでは話にならない。目標までの距離は果てしなく遠く、まさかゴールの半分まで来ているなどとは到底思えない。もしこれが実際の競技だとしたら、誰もがこれ以上折り続けようとは思わないだろう。

しかし、この倍倍の計算はこのあたりから面白くなる。十七回目で十メートルを超え、二十回目で百メートルを超える。

そしてついに二十五回目で、３３５５４４３・２ミリ。すなわち三千三百五十五メートル四百四十三センチ二ミリとなり、ほぼ富士山と並び、あと一回折れば、悠々と富士山を超えていくのだ。


数字上のマジックではあるが、見事だった。

この折った回数ごとの新聞紙の厚さをグラフにして、その点を線で結べば緩やかなカーブを描いて、ある地点から急上昇するグラフになる。ちょうどスキーのジャンプ台に向かって右側から見たような図だ。

この曲線には「成功曲線」という名前がついている。

成功するまでの時間と成果をグラフにすると、何事も決まってこの形になるという。

勉強におけるテストの成績。サッカーや野球の練習時間とチームの勝率。セールスマンの訪問した回数と契約率。

なるほど、言われてみたらその通りだ。

何故多くの人は挑戦しても諦めてしまうのか。それはこの法則を知らないからだ。時間軸で考えれば、目標を達成する半分まで来ているのに、成果だけを見たら、三千メートルに対してわずか四十センチ。千倍してもまだ足りない。

そりゃあ、心が折れてしまう。

しかし良樹はこの法則を知っていたために、のちに三十歳を過ぎてから、絵本作家になるという無謀な挑戦をするのだが、途中で諦めることなく九年という長い年月をかけ、ついに四十歳のときにプロの絵本作家としてデビューするのだ。

同じ志を持った仲間が途中で次々に挫折していく中、何故良樹は諦めずにやり遂げられたのか。それがこの法則のおかげだったのだ。

三年間夢中で頑張っても箸にも棒にも引っかからないレベルであれば、普通なら「こんな調子じゃあ、百年あっても足りない」とばかりに匙を投げてしまうだろう。

しかし良樹は「確かに目標まではえらく遠いけど、三千メートルに対して四十センチくらいは成長してるな。ということはもしかしたら、ゴールの半分までは来ているのかもな」とほくそ笑むのだった。

まあ、六年という読みは少々甘く九年かかったのだったが、それでもついに目標を達成し、プロの絵本作家として堂々とデビューしたのだった。


他にもこんな雑学がある。

あなたは、満月の大きさを正確に知っているだろうか？

特に水平線上や、ビルの合間から出てきたばかりの満月は非常に大きく見える。

よくその大きさを思い起こして、ちょうど両方の手を伸ばした位置でその満月がすっぽり入るように手で形を作ってみて欲しい。


人によって感覚は様々だが、野球のボールくらいの人もいれば、バスケットボールくらいの人もいるし、中には金ダライくらいの大きさの人もいたりする。

それが人の「思い込み」である。

ではそれが、実際にはどれくらいの大きさなのかと言うと、ある日本のコインと同じだと言われてあなたは納得できるだろうか？

私は開口一番「そんなまさか！　絶対に違う。そんな小さいわけがない」と信じなかった。

もっと目に近い位置でというのならわかるが、両手を伸ばした位置で、コインの大きさと重なるとは、到底思えなかった。

さらに驚くべきことに、そのコインとは五円玉のことで、しかも五円玉の真ん中に開いている穴の大きさと同じだというのだ！

いや、それはさすがに作り話に違いない。いくら思い込みが強いにしても、この人生で何回満月を見ていると思っているんだ。

百万円賭けてもいい、絶対にありえない！　ちょうど今夜は満月。よし、じゃあ表に出ようじゃないか。

それ見たことか！　あんなに大きなお月様が、こんな小さな穴に入るわけが……入るわけが……入ったー！

手をぴんと伸ばした位置で、しっかりと、ぴったりと五円玉の中の穴に満月が入るのだ。

良樹は思わず膝《ひざ》から崩れ落ちてしまった。

後にも先にもあんな驚いたことはない。

しかしこれは紛れもない事実で、あなたも満月の夜に試してみる以外に信じる方法はない。

そしてこの事実をどう受け止めたらよいのか。

つまり我々は、いかに普段からとんでもない思い違いをしていることか、それを思い知ればいいのだ。

哲和は言う。

「良樹、『自分を信じろ』などと言うけどな、自分なんか信じとったらとんでもないことになるぞ。人間は自分にとって都合のええことばかりを信じたがるもんや。

自分なんか信じとらんで、もっと世界を観察した方がええんや。先人たちの多くの成功例や失敗例がいろんなことを教えてくれるやろ。

せやから本をたくさん読んだ方がええぞ。わずか数十年の自分の浅知恵よりもやな、数百年も数千年もかけて引き継がれてきた知恵の方が遥かに優れとるに決まっとる。自分を信じるんやのうて、自分で確かめろ。

『やればできる』ちゅうが、そりゃあ、やらなきゃできるわけはない。しかしやな、やり方を間違っとったらいくらやってもできんやろ。

自己流なんちゅう偽りのプライドは捨ててやな、素直に習った方がええんや。自己流ちゅうのは、個性でも美学でもあらへん。デッサンも習わんと絵描きになろうとしとるのは本当の馬鹿者だ。デッサンを身につけた上で自分の個性を、美学を貫くんや。誰も教えてくれんとか甘いことを言うとったらあかん。教えてくれんなら盗むしかないぞ。職人の技を盗む。プロのコツを真似る。すべては「守破離」なんや。

『自分に負けるな』ちゅうが、そもそも何の戦いをしとるんや。急な坂道を登り切れんでおる車に向かって『自分に負けるな』という奴はおらん。車が登れんかったとしたら、それは車が自分に負けたんやのうて、ただエンジンの馬力が足りんかったに過ぎんやろ。

力が弱い者は、つべこべ言わずに自らを鍛えて力をつけるしかないぞ。反復しろ！　繰り返し反復するしか人は成長できん！

『人生を楽しもう』なんちゅうが、人生楽しいことばっかりしとると、腑抜けになるぞ。人生は苦しんで、悩んで、傷ついて、それを面白いと言えんかったらあかん。だいたい腑抜けの奴の価値観は『楽して儲ける』や。楽しいとは『楽』なことで、失敗やトラブルがないちゅうことやな。安全で守られた環境の中で遊んどれるなら楽しめばええやろ。毎日どっかのテーマパークで過ごせるんやったら、そりゃあ楽しいに決まっとるわな。そこじゃあ熊が現れたとしても人を襲ったりせえへんしな。

せやけど現実世界の熊やったら、たとえそいつが赤いチョッキを着とったとしても襲って来るんやぞ。人生はおとぎ話やない。

せやから人生ちゅう厳しい世界で生きていこう思うたら、体を鍛えるように心も鍛えなあかんのや。

漫画本やテレビの娯楽番組ばかりやのうて、歴史書や新聞や哲学書を読め、雑穀米を噛みしめるように本を読め、そんで心に栄養を蓄えるんや！　わかったか良樹」

「ふうん、お父ちゃん、よくわかったよ。でも、そろそろテレビで漫画が始まる時間やから、続きはまたね！」と、お茶の間に走り去る良樹であった。

「良樹！　お前は自分に負けとるぞ！」

第11章

挫折しろ！　挫折してこそ一人前だ

昭和五十一年三月、良樹が中学受験に失敗した。

今でこそ中学受験はあたりまえの珍しくない時代だが、当時昭和五十年代の初め、ましてや田舎町で中学を受験するということは異例のことで、よっぽどのお金持ちか、英才教育の家庭以外は普通に地元の公立中学に行くのが当たり前だった。


岡根家はそのどちらでもない。なのに何故良樹が中学受験をしたかと言うと、公立の中学にサッカー部がなかったからである。当時サッカーは、まだまだマイナーなスポーツで野球とテニスの黄金時代だった。ところが唯一、地元の有名な教育大学の付属中学にだけはサッカー部があった。

小学校の頃から哲和によってサッカーの面白さを徹底的に叩き込まれてきた良樹は、中学に行ってサッカー以外の部活をすることなど考えられなかった。

当時、何故野球とテニスに人気があったのかと言うと、テレビアニメや漫画の影響だった。特に『巨人の星』や『ドカベン』『侍ジャイアンツ』『アストロ球団』『野球狂の詩』など圧倒的に野球漫画が多く、そしてテニスは『エースをねらえ!』という伝説的なアニメが、それまでマイナーだったテニスを一気に大人気スポーツへと変えたのだった。残念ながら『キャプテン翼』が始まるのはそれから五、六年待たなくてはならない。

だから良樹が小学生の時、仲の良かった友達はみんな野球教室に通っていた。本当は良樹も野球に興味があり、何とか自分も野球教室に通わせてもらえないかと思い、

「ねえ、お父ちゃん。スポーツで一番面白いのは何?」と訊ねるのだったが、

「そらあ、サッカーに決まっとる」と哲和は答える。その早さは、風の如しであった。まあ、それは想定内の答えだ。

「じゃあ、二番目は?」

「一番も二番もサッカーや」想定外の答えが返ってきた。

「え? そうじゃなくて、サッカーの次に面白いのやで」

良樹は、哲和がプロ野球は八百長だと決めつけて嫌いだということは知っていたが、高校野球は仕事をさぼってでも見ているくらいなのだから、むしろ野球というスポーツ自体は好きなんだろうと思っていた。ところが哲和の答えは違っていた。

「だからやな、サッカーの次はない。サッカーが面白いんや」

こうなったら、遠回しな言い方はやめてみよう。

「でも野球も面白いんじゃない？」

「あかん、あかん。野球なんかサッカーに比べたら遊びやぞ。バッター以外の選手はベンチで座っとるしやな、守っとるときもピッチャー以外はぼーっと突っ立っとるやろ」

自分が認めたもの以外に対する扱いがひどすぎる。頑として動かぬその偏見という価値観は、山の如しであった。

「じゃあ何で高校野球は見とるの？」

良樹は思い切って突っ込んでみた。とんでもない屁理屈が返ってくることは小学生の良樹でも容易にわかった。

「あれは野球やから見とるんやない。高校野球やから見とるんや。せやから別に野球やのうてバレーでもバスケでも何でもええんや。

高校スポーツの全国大会は一回負けたら終わるやろ。せやから毎回全力で試合しとる。完全にアウトやとわかっとるのに全力で滑り込む。捕れるわけのない球に食らいついていく。そこが面白いんや。でもプロ野球はあかん。勝つことより怪我せんように試合をやる。どうせアウトやと思ったらちんたら走っとる。気迫がないんや。

それに比べてサッカーは九十分間全力で走る。一秒でも気を抜いたらあかん。全力で走り抜く真のスポーツや」

でも、キーパーはぼーっと突っ立っとるよね？　と思ったが、良樹は口にしなかった。

「じゃあ、テニスは？」

テニスなど興味があったわけではないのだが、哲和のテニスに対する屁理屈を知りたくて訊いてみた。

「テニス？　もっとあかんわ」

「何で？」

「あんなのは男がやるスポーツやないぞ。どこぞのお嬢様の遊びや。正月にやる羽子板みたいなもんや」

もうこれは、屁理屈というよりただの悪口だ。その毒舌、鬼の如し。


まあそんなわけで結局良樹は地元の小学生向けのサッカー教室に入る。サッカーをやっていたのはかなり少数派だったのだが、サッカーの腕が、いや足が上達するうちにどんどん夢中になり、六年の時にはチームのキャプテンを任されるまでになっていた。

みんながプロ野球の話で盛り上がっている時も、一人冷ややかな笑みを浮かべて「野球なんかでよくそんなに盛り上がれるよねえ」と哲和の口調を真似て毒づいたり、みんなが放課後に野球をやる時も、誘いを断って、一人神社でサッカーボールを蹴っていた。むしろ少数派であることに誇りさえ感じていた。

だから中学から友達と離れ離れになったとしても、サッカー部のある中学受験には何の躊躇《ちゅうちょ》もなかった。

しかし落ちたのだ。

小学生時代、良樹はけっこう勉強に自信があった。通知表の成績もＡＢＣの三段階で、大体オールＡだったし、学校のテストでも八十点以下を取ったことはほとんどない。

だから受験を甘く見て、入試に向けての勉強を一切やらなかった。やる必要がないと思っていたのだ。それは康子や哲和にしてもそう思っていた。

ところが蓋《ふた》を開けてみたら、一番得意だった算数の問題さえ半分も解けなかった。

何故なら、試験に出たのは算数ではなく数学の問題で、小学校では習っていない範囲の問題だったからだ。

国語もそうだ。読めない漢字がたくさん出てきた。

後でわかったことなのだが、その中学に受かるためには、特別の受験勉強が必要で、過去に試験で出た問題集を使って勉強しなければならなかった。つまり学校の勉強だけでは絶対に受からなかったのだ。

良樹はショックを受けた。

人生で初めての挫折を味わった。もう人生は終わったような気がした。

たかが中学受験で大袈裟な、と思うかもしれないが、これからの三年間は、大好きなサッカーができないのだ。小学二年生の時から毎朝早起きをして、登校する前に哲和との練習を五年間続け、隣町までサッカー教室に通い、部屋の壁にはキャンディーズや百恵ちゃんではなく、ペレやベッケンバウワーのポスターを貼っていたほどだ。そこまで好きになり、いよいよ本格的に練習ができるはずの中学にはサッカー部がないなんて、とてつもなく残酷な話だ。

明日から三年間、歌を歌ってはいけないと、歌手を目指している少女が言われたらどうだろうか。

明日から三年間、動物に触れてはいけないと、ムツゴロウさんが言われたらどうだろうか。

明日から三年間、ピョンピョン飛んではいけないと、バッタが言われたらどうだろうか。

いや、バッタはそんなに長くは生きられない。

しかし本当につらいのは、サッカーのことよりも、翌日学校に行って受験に落ちたことがみんなにばれることだった。

「岡根君なら絶対大丈夫だ」と友達からも、先生からも期待されていたし、何よりも自分が一番自信を持っていただけにショックは大きく、惨めな姿をみんなに晒《さら》すことが耐えられなかった。受験なんかしなければよかった。

目の前が真っ暗になった。

「お父ちゃんなんかね、大学受験二回も失敗したんよ。しかも最初の一年は試験すら受けんと浪人したんやよ」

合格発表会場からの帰り道、康子が慰めの言葉をかけてくれたが、良樹の耳には入ってこない。むしろ慰められれば慰められるほど、惨めな気持ちになる。

家に帰ってからも食欲がなく、現実を受け止められないでぼーっとしていると、

「そうか、あかんかったか。良かったやないか」と、いつの間にか仕事から帰ってきた哲和が良樹に声をかけた。

「え？」

予想していない言葉に良樹はハッと我に返った。しかし良樹は「良かった」の意味がわからなかった。受験に失敗していったい何が良かったというのか。良樹をサッカー狂にさせた張本人は哲和だというのに。

「挫折をしたことのない奴は弱いぞ。挫折をしてやっと一人前や」

「何で？」

「失敗しても何とかなるうちは、半人前や。何ともならんときに、それでも自分で立ち上がれるのが一人前。挫折こそ人生の一番の勉強や」

挫折が人生の勉強⁉ そんな考えは、良樹の中にはまったくなかった。

「良樹、お前受験に失敗してもう二度と受験なんかしたくないと思ってへんか？」

図星だった。だから良樹は答えに詰まってしまった。すると哲和はそれを見抜いたかのように言葉を続けた。

「ええか、挫折は何回したってかまわんけど、それで挑戦することを止めてしもうたらあかんのや。諦めんで生きることが人生や。諦めて生きとる奴に人生はない。良樹、人生は長いぞ。今のうちにいっぱい挫折しとけ。だいたいお前の人生はまだ夜明け前や」

何やら格言めいたことを言い終わると、哲和はそれ以上何も言わなかった。そしてまたいつものように静かに酒を飲み続けるのだった。

「人生二十四時間時計」という考え方がある。

人生八十年を一日、つまり二十四時間に縮小してみると、自分は今、いったい何時何分にいるのかという考えだ。

生まれたのを深夜の零時ちょうどとする。すると希望に満ち溢れている二十歳は朝日が輝く午前六時。働き盛りの四十歳は太陽が最も高く昇るお昼の十二時で、定年となる六十歳は夕方の六時、ちょうど日が暮れる頃だ。そして夜が始まり、やがて夜が深まる二十一時が七十歳、平均寿命の八十歳でまた深夜零時というわけだ。

十年がちょうど三時間、一年は十八分という計算になる。

受験失敗で挫折した良樹は当時十二歳と十ヶ月。午前三時五十一分だ。なるほど、まだ朝日も昇っていない。

そんな時間に、俺の人生は終わったなどと言っているとしたら確かに滑稽だ。どんな挫折があったにしろ、どんなに悲しいことがあったにしろ、それはただ布団の中で悪夢にうなされているだけのことに過ぎない。

世の中には十代で自ら命を絶とうとする若者がいるが、ちょっと待ってくれ。それは浅はかな考えだ。

二十歳になってようやく人生の朝を迎えるのだから、十代でやるべきことは、しっかりといい夢を見ることだ。

たとえ悪夢を見てしまったとしても、笑い飛ばしてもう一度眠り直せばいいだけではないか。十代なんて人生の夜明け前、まだ一日の本番は何も始まっていないのだから。

二十代にしたってまだ朝の六時から九時といったところだ。たいしたことはない。二十代にやるべきことといえば、すっきりと目を覚ましてこれから始まる人生の本番に向けて準備をしておくことだ。

そんなに急いでことを成し遂げる必要はない。未来の成果のために修行を積むのもいいし、回り道したって道草食ったってかまわない。

朝から贅沢して美味いものを食う必要もないし、お金だってこれから稼げばいい。

哲和が言うように、大いなる未来のためにできればたくさん失敗して、挫折をして、立ち直り方を身につけておくといいだろう。人生にはもっともっと大きな試練が待ち受けているのだ。

そう考えると人生は、たった八十年でもけっこう長い。勇気が湧いてくる。

さらにもし、人生を百年と考えるならば、五十歳でまだ昼の十二時だ。午前中にしくじっていても、午後から充分に挽回できる。


伊能忠敬は、五十五歳から十七年をかけて全国を歩いて測量し、日本史上初となる国土の正確な地図を完成させた。

南アフリカのネルソン・マンデラが刑務所から釈放されて大統領になったのは七十五歳の時。

八十歳でエベレストに登った三浦雄一郎さんは、九十歳でまた登ると言う。

そして金さん銀さんは、百歳にしてアイドルデビュー！


結局良樹はその後、地元の公立中学に入学し、剣道部に入った。サッカー以外の球技には魅力を感じなかったし、テレビドラマ『おれは男だ！』の影響を受け、防具を着けて試合をするのがかっこよく思えたからだ。ところが実際に入部してみると、手にはめる防具が強烈に臭く、クラスの女子から嫌な目で見られる羽目になるのだった。

しかし悪いことばかりではない。その中学で二年生の時に良樹は生徒会に立候補し、そこで出会った生徒会の仲間とは三十五年以上たった今でも交流がある。中でも一つ学年が上の井上弓子先輩とは上京した時からお互い夢を語り合い、ときには励まし合い、そしてそれぞれ一人前になった現在、仕事でも繋がってお世話になっている。

運命とは不思議なもので、もし受験に失敗していなければ、出会うことはなかったと考えると、意味は違うが哲和の言った「受験に失敗してよかった」と言えるのかもしれない。

当時の良樹には、哲和の言葉の深い意味まではわからなかったのだが、実際にその時の挫折が人生においていい勉強になったことは確かだった。

その六年後にやってくる某有名劇団の入団試験も大失敗をすることになるのだが、落ち込むこともなく「入れてくれないのなら、自分で劇団を作ればいい」とばかりに開き直り、本当に劇団を立ち上げる。

劇団などを主宰している人間は、どこの会社も正社員では雇ってくれない。「だったら自分たちで会社を作ればいい」と今度は会社を立ち上げる。どんな依頼でも法律に触れない限り引き受ける何でもやる会社「便利屋タコ坊」だ。この便利屋タコ坊で経験した想像を絶する奮闘記は『スタンド・バイ・ユー　便利屋タコ坊物語』として絶賛発売中である！　まさに失敗と挫折のお手本として学校の教科書に載せて欲しい。真実に勝るドラマはない！

しかしまた、その劇団も一度も日の目を見ることなく三十一歳の時に解散してしまうのだが「だったら一人でできる創作活動に切り替える」と今度は絵本作家を目指す。

そして出版社の編集者から何度断られようとも、「絶対に無理だ」と負の太鼓判を押されようとも諦めることなく、三人の子どもを抱え、三年間のプータロー生活を乗り越え、ついに九年という年月をかけて、四十歳にして絵本作家デビューをするのであった。

その奇跡はさらなる奇跡を呼び、そのデビュー作『よなかのさんぽ』は、その年の世界絵本コンクールの日本代表に選ばれ、さらにはＮＨＫの『てれび絵本』という番組で放送されるのだった。

そしてまだ奇跡は終わらない。今度は、その放送された番組を見ていた『アンパンマン』で有名な児童書専門の出版社であるフレーベル館から「新作絵本を作って欲しい」という依頼があり、良樹は新たに二冊の絵本を出版することができた。しかも『あめのカーテンくぐったら』という二冊目の絵本は後に中国語に翻訳され、海を越えて出版されることになるのだ。

上京してすぐに借金を抱えて血を吐いて倒れた時もまた立ち上がることができたし、二十二歳で婚約者に振られて人生に絶望し、「死んでしまいたい！」と大袈裟に思った時もそうだ。

何度転んだっていい、そのたびにまた立ち上がってやる。

人生、取り返しがつかないように思えることはある。けれども、本当に取り返しがつかないことは人生には起こらない。

かのシェイクスピアも言っているではないか。

「これがどん底だと言っているうちは、まだ本当のどん底ではない」

人生、何度失敗したっていいじゃないか。これからだって何度でも挫折がやって来ればいい。挫折するたびに折れた心は強くなり、泣いた分だけ優しくなり、そして人生はさらにドラマチックになっていくのだ。

第12章

行列には並ぶな

哲和の嫌いなものは行列であった。

どんなに評判のいいレストランでも、行列ができていると「並んでまでして飯が食えるか！」と言い捨て、後に世界中で絶賛されることになる宇宙戦争映画の封切り初日に、映画館の前で並んでいる人を見ては「アホな奴が観る映画や」とけなし、パチンコ屋の前で、開店前から並んでいる人を「人間のクズ」と呼んでいた。

「並んでまで手に入れたいものなどこの世のどこを探してもない。並ばなければ食えないんだったら、そんなもの一生食わんでよし」と言い切る。

「流行っとるからと言って、有り難く並んどる奴らはアホやぞ。あいつらは、並んどるんやのうて、並ばされとるんや」

哲和は、世の中の流行というものに徹底的に抗《あらが》う。特にファッションについて流行を語る評論家などは、ペテン師呼ばわりだ。

「奴らは自分が本当はセンスがないことを隠すためにわざとピエロみたいな変てこな服を着るんや。あまりにも変やと、人はセンスがあるんか無いんかわからんようになるやろ。それが狙いや」

確かにファッション評論家は個性的で変わった服を着ている。変というのは非凡であるということであり、それがまた際立つ個性であるのだろうし、少なくとも非難を恐れて無難にまとめているのではないという気概は認める。しかし、正直同じものを着てみたいと思ったことは一度もない。

「ええか、良樹。だいたい今年の流行なんちゅうもんは、誰かが勝手に決めとることや。インフルエンザやあるまいし、そこには人為的な策略しかあらへんぞ。

ペテン師どもが今年は紫色が流行る、と言えばみんな一斉に紫色に群がる。ファッション雑誌やテレビ番組で煽り立てて、去年流行った色の服を着とるとインチキ評論家に古い古いと冷やかされて、新しいのを買わされる。そうやってどんどん新しいものを流行らさんと儲からんからな。それが世の中の仕組みや。

本当にいいもんは、時間をかけてゆっくり流行っていくんやぞ。百年続く老舗のうなぎ屋なんかは本物や。それに比べて、昨日今日ぱっと出てきて行列ができるなんちゅうのは、裏に汚い仕組みがあるに決まっとる。そんなのに騙されとったらあかん」

別に騙されているとまでは思わないが、世の企業努力は哲和にかかればすべて人為的策略になってしまう。

「ほんなら歴史あるブランドはええんやね？」などと反論しようものなら、容赦なく屁理屈が返ってくる。

「ブランド自体はええかもしれんけどやな、ブランドにまみれて自慢しとる奴は最低やぞ。自分は中身のない空っぽの人間や、ちゅうて公言しとるようなもんや！　身につけるもんは何でもええから、てめえ自信がブランドに成れ、ちゅうんや！」


良樹が小学二年生の時だ。

「ねえ、お父ちゃん、今度の誕生日に何か買うて」

「ん？　何が欲しいんや」

「机買うて」

「何の机や？」

「勉強机、コマーシャルして流行っとるやつ」

流行っているという言葉に、哲和の中の何かが反応し、読みかけの新聞を畳んで脇に置いた。

「勉強机ならちゃんとあるやないか」

「そやけど戸倉君だって滋賀君だって、ライトがついとるかっこいい机買うてもらっとるよ。紙谷君の机は鉛筆削りもついとるんやで。うちも新しいの買うてよ」

「壊れとらんのに新しいのはいらん」

「あんなの古いわ。ライトも鉛筆削りもついとらんし、全然流行っとらん」

「良樹、流行っとるもんに騙されとったらあかんぞ。本質が見えんようになる。

鉛筆はナイフで削った方がいいんや。鉛筆削りなんか使うてたら、指先がバカになるし、ライトやったら天井についとるやろ。ああいう机のライトは、高校生くらいになって、みんなが寝とる間も勉強する子のためやろ。小学生には必要ないな。

それともお前、夜中も勉強するんか？　せんやろ。あんなコマーシャルで流行らせとる机は な、必要もないライトや鉛筆削りをくっつけて、わざわざ値段を高くして売っとるんやぞ。お前もし鉛筆に歯ブラシがくっついとったら、そんな鉛筆欲しいか？」

「えー！　そんな変な鉛筆いらんわ」

「でもクラスの友達、全員が持っとったらどうや？」

「えー？　そら欲しいわ」

「そこや！　良樹。そうやって本当はいらん物を無理やり流行らせて売りさばいて儲ける奴がおるんや。何事も本質が大事やぞ。騙されるなよ」

それらしい正論を畳みかけるように返してくる哲和に、それでも食い下がる良樹。

「それやったら筆箱買うてよ。テレビでコマーシャルしとる電動のやつ。みんな持っとるで」

当時、高度成長のど真ん中だった時代を象徴するかのように、やたらと電気仕掛けの物が流行っていた。今思えばまったく必要のない機能なのだが、ボタン一つで筆箱の蓋《ふた》が自動的に開くというけったいなものが小学生の心を鷲づかみにした。もちろん電気仕掛けなので値段も高く、持っていた子どもはクラスの人気者になった。

「アホか、何で筆箱開けるのに電気がいるんや？　あれは怪我して指が不自由な子が使うもんや。お前はちゃんと指があるやろ」

「……じゃあ、象が踏んでも壊れない筆箱買うて！　それやったらええやろ」

当時二番目に流行っていたのがこの頑丈な筆箱であった。テレビコマーシャルで流れていた本当に象が踏みつけても壊れない映像が衝撃的だった。

「あのな良樹。ええか、よく聞けよ」

「うん」

「学校に象はおらん！」

言い終わると哲和は涼しい顔をして、また新聞を読み始めた。

哲和はとにかく「流行ってる」やら「儲かる」やらを口にして人を騙そうとする者を徹底的に憎む。善人のふりをして良さそうなことをペラペラ喋り、その裏で自分だけがごっそり儲けようとする輩《やから》を。

当時、こんな哲和にうっかり百恵ちゃんのレコードなどを聴いているところを見つかろうものなら、レコードを真っ二つに割られて捨てられてしまうのだった。

哲和が流行という時代の流れに抗うそのさまは、産卵時にひたすら川の流れに逆らい上流に向かっていくサケのようであった。

サケの目指す先にあるのが自分の生まれ故郷であるように、哲和が抗い続けるその先にあるのは、彼が幼少時代を過ごした満洲に他ならない。

自分は何故満洲で生まれたのか。
何故多くの日本人が満洲に移民したのか。
何故戦争は起こったのか。
何故母は死に、父はソ連に連れ去られたのか。
何故日本は戦争に負けたのか。
何故中国人は敗戦後に日本人を虐殺したのか。

何故自分たちは逃げ隠れしなければならなかったのか。
何故関東軍は自分たちを見捨てて先に逃げたのか。

そして誰が何の目的でこう言ったのか。
満洲に行けば幸せになれる。
満洲国は理想の国家だ。
満洲国の国民は我ら関東軍が守る。
満洲には広大な農地があり、これから鉄道も作られる。
満洲は安全と平和が保証されたユートピアだ。

しかしそのユートピアは長くは続かなかった。
果たしてあの戦争は間違っていたのか？　などという言葉を耳にするが、そもそも正しい戦争なんていうものがあるのだろうか。

夕暮れ時、良樹は畳に寝転がって天井の木目をぼんやり見ていた。どこか遠くの工事の音が聞こえてくる。天井の渦潮のような模様がだんだんと目玉に見えてきて、やがてそれは顔になって語り掛けてきた。

「良樹、世の中にはいつの時代にも仕掛ける側の人間がおるやろ。金や特権を持った人間が仕掛ける話で時代は動く。満洲もせやった。

仕掛けた奴らは上手くいけば手柄や褒美は独り占めし、まずくなればさっさと逃げていく。後に残された者は自分たちを被害者やと主張し、泣きわめく。なあ、どこかおかしいと思わんか？」

「思うよ」

「誰が悪いと思う？」

「そら権力を持っとる奴らやろ」

「そうか？　俺はそうは思わん」

「え⁉　じゃあ、騙される方が悪いの？」

「それも違う。うまい話をする奴もそれにただ乗っかる奴も、どっちにしてもクソ野郎や。せやけどな、一番あかんのは被害者になることや」

「せやから騙される方が悪い、ちゅうことやろ？」

「そうやない。騙されたことやのうて、自分は被害者なんやと思うことがあかんちゅうとるんや」

「同じやんか。どう違うの？」

「全然ちゃうわ。ええか、よう考えてみろ。例えばここにうまい話があるとするわな。その話に乗るも乗らんも本人の自由やろ？

せやからそのうまい話に乗っかるのは自分の責任や。違うか？　せやのに後から騙されたちゅうて被害者ぶるのはあかんちゅうとるんや」

「せやけど騙す奴も悪いわ」

「そんなことは当たり前や。騙す奴は許せん。せやけどこの世から雨の日がなくならんのと同じように、騙す人間もなくならん。せやから自分にできることは被害者にならんことや」

「騙されんようにする、ちゅうこと？」

「そうやない。自分の努力じゃ防《ふせ》げんこともあるやろ。俺や弟は満洲で生まれた。戦争は大人たちが勝手に始めた。それに巻き込まれて死にかけた。そんなことは防ぎようがない。

ほんなら俺達は被害者か？　被害者ぶって泣き叫んどれば誰かが何とかしてくれたんか？

ベトナムには枯葉剤の犠牲となって産まれてきた奇形の子どもたちがおる。

ブラジルにはゴミ山の中で生きる貧困層の少年たちがおる。

今なお世界のあちこちで武器商人らが商売をしとって、戦争孤児が誕生しとる。

それを運命、ちゅうなら運命やろ。認めたる。せやけどな、俺はそんな運命に抗って生きたる。運命を受け入れても、従いはせんぞ。右を向け、ちゅうなら左を向いたる。座れ、ちゅうなら立ち上がり、黙れ、ちゅうなら喋り続けたる。それで痛い目に合うならかまわん。全部俺の責任や。

人のうまい話を鵜呑みにして被害者ぶるより、俺は自己責任において痛い人生を笑い飛ばしたる！」

すべて自己責任で生きる。

確かに素晴らしい生き方だ。しかしそれをするためには何が必要なのか。自分の目を鍛えることしかなさそうだ。表面的な華やかさや甘い香りの奥にある本質を見抜く眼力を鍛える。そして自分の価値観を「哲学」を確立させるのだ。

もういい加減うまい話に翻弄されるのを止めようではないか。

全国読書普及協会が開催する「失敗王選手権」という大会がある。

年に一度、人生でとんでもない失敗をした強者《つわもの》が、その失敗を自慢するために全国から集まり、チャンピオンを決めるのだ。

何という前衛的で素晴らしい企画であることか！　華麗なる失敗人生が認められたのか、私もその大会のゲスト審査員として第一回から参加させてもらっている。

中学受験の失敗に始まり、高校へ通えば「大学受験しないのならもう学校に来ないでくれ」と担任に言われるような存在になり、役者を志し日本一有名なミュージカル劇団のオーディションを受ければ、高校の体操服で来たことを他の受験者たちに笑われたあげく、選んだ曲が演歌『北酒場』だという理由だけで歌わずに失格になり、劇団を立ち上げれば今度は詐欺師に騙され三百万円を持ち逃げされたり……と失敗を数えたらきりがない。

その中でも二十代の時に仲間と三人で始めた便利屋時代は失敗のオンパレードだった。真夜中に暴力団のような人たちに追いかけられカーチェイスになって命を落としそうになったこともあったし、やったこともないトイレの詰まりの修理で、赤の他人の人糞を頭から被ってまでした仕事の報酬が、二人でたったの二万五千円だったこともあった。映画にならないのがおかしいくらいのエピソードでいっぱいの人生だ。失敗話が面白くないはずがない。いや、面白すぎる！　そして失敗には深い気づきがある。

しかし、私は日本の未来に不安を感じずにはいられない。なぜなら「失敗王選手権」への来場者が毎年少なすぎるからだ。

これが成功哲学などで有名な著者の「すぐに成功できる話」という講演会であればたちまち人が溢れてしまうだろう。甘い蜜には蟻が群がるように、人間もまた甘くてうまそうな話が大好きで、失敗というしょっぱい話や苦い話は成功ほどそそられない。

哲和は言う。

「世の迷える輩《やから》ども、成功よりも失敗から学ぶ尊さや価値観がわからんちゅうのは、もうすでに人生に失敗しとるとしか言いようがあらへん。

失敗ちゅうのは可笑しくてやな、切なくて、そして人々に勇気を与え、人生の大切な本質を教えてくれるもんなんや。どんどん失敗したらええ。どうせなら人がビックリするようなすごい失敗をしたらどうや。挑戦をせん平凡な人生じゃ、すごい失敗を経験することはできんやろ。せやから価値があるんや。

第一、自分の失敗を笑い飛ばして、自慢しとる人間の方がかっこええやないか」

世の中の似非《えせ》成功者たちは、失敗をひた隠しながら、くすんだ顔色で過去の栄光を自慢する。それに比べてこの失敗自慢大会の出場者たちは皆、スピーチを終えた後、堂々と光り輝いている。

聴く者たちは、自分には語るべく失敗もないことに恥ずかしさすら覚えるのだ。

「成功哲学」ならぬ「失敗哲学」

恐れずに大失敗というドラマチックなエピソードを作ろうではないか！

流行っているものすべてを否定するつもりはない。

しかしその行列に並ぶのならば、自己責任で並ぶべきだ。宝くじのように当たりもあればハズレもある。そう思えば、くじがはずれたとしても騙されたと被害者ぶる者もいなくなるだろう。

はずれるのが嫌なら、哲和のようにそんなくじは一切買わないことだ。

たとえ当たるとわかっていても哲和は絶対に宝くじは買わない。

「くじなんかで当たりたくはない。自分の力で当ててやる！」

そう言いながら人生はずれっぱなしなのであるが、しかしそれもまたいい人生ではないだろうか。

第13章

覚悟と大義を持って生きろ！

良樹が十六歳でまだ高校に通っていた頃のことだ。

兄の真と同じ愛知県一の進学校に通うも、真とは違って良樹は大学受験をしないことを決めていた。現役で医学部に合格した真と勉強で張り合ったところで勝ち目はないと思った良樹は、さっさと受験は手放し、まったく違う進路を考えていた。そんな勝ち負けは人生において何の意味もないことに気づくには、良樹はまだ若すぎた。

たどりついた答えは、映画監督だった。良樹は映画監督になるため、高校を卒業したらまずはチャップリンのような立派な役者になろうと思っていたのだ。

普通の親なら「何馬鹿なことを言ってるの。あんたが役者なんかで食べていけるわけがないでしょ!」と頭ごなしに叱りつけるところなのだが、そこは子どもに何の期待もしない岡根家、

「へええ、役者になりたいんか。でもあんたちゃんとした劇場でお芝居を観たことないでしょ」

と康子は良樹に言った。

「そういえば劇場では観たことないな」高校一年の良樹が答える。

「じゃあ、今度の日曜日に名古屋へお芝居観に行こうか」とこんな感じだった。

初めての観劇はシェイクスピアの『真夏の夜の夢』だった。あまり有名ではない劇団だったが面白かった。中でも良樹が心を惹かれたのは、主役の役者ではなく、脇役でセリフも少ない役者だった。

役の名前さえもわからないような小さな役なのに、彼女は始終目を輝かせ、弾むように舞台を走り回り、目立たない後ろの方でもしなやかに躍動しながら歌い踊っていた。そして芝居のラストシーン、彼女は魔法の粉のように細かく切った銀紙を客席に撒いた。

綺麗だった。キラキラと輝いていたのは銀紙なのか、彼女の笑顔なのか、でも本当に魔法がかかった。

演劇という世界に自分の人生を懸けられる。そのとき良樹はそう思った。兄には負けたくないからなどという不純な理由で選んだ進路だったのに、この瞬間、偶然本当にやりがいのあるものを見つけられた気がした。

それはきっと良樹の無鉄砲な夢が頭ごなしに否定されなかったことで、良樹の心がとてもフラットでいられたからだろう。だから見栄を張ることも、意地を張ることもなく、普通とは違う生き方だけれどきちんと真剣に将来を考えることができたのだ。もし頭ごなしに否定されていたら、父親譲りの頑固な良樹のことだ、すんなり受け入れるわけも無く勝手に家を飛び出して、それこそ若き日の哲和のように、新宿の歌舞伎町辺りで良からぬことでもやっていたに違いない。

良樹はその日観た舞台の中で、都会の汚れた空の上に微《かす》かに輝く星のような希望を見つけたのだった。たとえ失敗したとしても人生を懸けるだけの価値のある光を、名もない一人の役者から貰ったのだ。

演劇という世界が安定のない厳しい世界であることは十分にわかっていたけれど、不思議と良樹は何の不安も感じなかった。失敗する不安よりも、これから挑んでいく未知なる世界への憧れと、平凡に終わりそうもない、面白くて、大変なことが起こりそうな未来にワクワクしていた。それもきっと、哲和や康子が子どもの未来に特別な期待を抱かずにいてくれたおかげなのだろう。

そんな良樹の隣で康子も穏やかに笑っていた。良樹のおかしな進路選択のおかげで、久しぶりに観劇などという贅沢が味わえてちょっと楽しかったのだ。

しかし後日、このことが超進学校であった良樹の高校で大問題となるのだった。元々入学した時から教科書を一人だけ買い忘れ、中学からつき合いのあった弓子先輩に譲って貰った表紙も中身も違うお古の教科書を使っていたことで、この生徒はちょっと要注意だとすでに目をつけられていたところに、三者面談で大学受験はしないという爆弾発言をしたものだから「じゃあ、何のためにこの高校に来たんだ！」と担任も声を荒らげる事態となった。

受験をしないのなら何のために来たんだと言われても、ここは公立高校で塾や予備校じゃないんだからと良樹は思ったが、何十年もの歴史の中で、百パーセント進学希望の生徒しか入学してこなかった格式高い高校の教師にとっては、それは老舗の寿司屋に来てラーメンを注文するくらい有り得ないことだったのだろう。

その後、受験を放棄した良樹のお気楽ムードは教室を超えて伝染し、仲のいい友人たちはたちまち軒並み成績を落としていく。常に学年トップクラスで東大合格間違いなしと思われていた杉浦光悦《こうえつ》に至っては、良樹にそそのかされてあろうことか酒の味を覚えてしまい、数か月のうちに学年三百番くらいにまで成績が落ち込んだ。（エリート街道から転落した彼は、二十代から三十代までの人生を迷いながら転職を繰り返し、ついには世捨て人となり自転車で日本中を放浪するようになるのだが、四十歳で竹細工職人という人生を懸けられる仕事を見つけ、修行を続け、現在では海外からも注目されるアーティストとして活躍している）

こうして岡根良樹というとんでもないウィルスを抱えてしまった学校は頭を悩ませ、ついに学年が変わった時に新しい担任から「学校に来ないでくれないか」と前代未聞の相談を受けることになる。

のちに良樹は学校に通わなくなり、演劇活動をするために名古屋の隣にある金山という街で一人暮らしを始めるのであったが、それはもう少し後の話だ。


波動共鳴という言葉があるように、受験勉強と縁が切れた良樹は、中学の同級で、世間では不良と括《くく》られている友達とつるむようになっていた。よくある話だが、本当はみんな、気は優しくて友達思いで寂しがり屋なのに、無免許でバイクに乗ったり未成年でタバコを吸ったりと荒れた行動を繰り返していた。

良樹は弾けもしないエレキギターを買って、名前だけのロックバンドを結成して不良グループに溶け込んでいた。何に不満があったわけでもないのに、親や社会に反発してグレていくのが心地よかった。十六歳とはそんな歳だ。

バンド仲間の一人に誘われて、良樹はファミリーレストランのアルバイトを始めることにした。高校を卒業したら東京に行くことを決めていたから、少しでもお金を貯めておく必要があったからだ。

哲和も良樹が大学に進学せずに、役者の道に進むことにはまったく反対しなかったが、ただ一つ「大学に行くちゅうんなら多少のお金の援助はしてやるが、好きなことをやりたいんやったらお金も含めて全部自己責任でやれ」というのが条件だった。もちろん良樹も異論はない。土日はもちろん、平日も学校が終わってから閉店時間の十一時まで働いた。仕事はウェイターで、注文を取ったり皿を運んだり掃除をしたりと、愛想のいい良樹は難なく店に馴染んで働いた。

そして事件が起こった。

学校が夏休みに入ったある日、良樹と同世代のアルバイト仲間四人は、店が閉店した後で深夜にもう一度店の裏に集まった。

誰が言い出したのか、トイレの窓はカギがかからないから夜中に店に忍び込もうということになったのだ。良樹はそんなことが店の人に見つからずにできるわけがないと思ったが、一方で愚かなる好奇心から来る「面白そう」という声には勝てなかった。

「よし、誰も見てないな。じゃあ俺から行く」と言って、向こう見ずで運動神経のいい猪瀬が自分の背よりも高い所にあるトイレの窓に飛びついた。器用に体をくねらせ無事に店内に入って行く。

良樹は一瞬非常ベルか何かが鳴り出すのではないかと冷や冷やしていたが、何も起こらなかった。まだ夏だというのに気の早い鈴虫が暗闇で静かに鳴いていた。

それから残りの者たちも順番に窓から店の中に入った。トイレを抜けてホールに出てみると、見慣れたはずのホールは電気もBGMも消えて冷んやりとしていたせいか、時代も場所も違う知らない場所のようだった。

ホールの隅で急に一か所だけ明るくなった。誰かが厨房の電気をつけたのだ。その瞬間、それまでの反動のように罪悪感のスイッチが切れた。大工の息子の高田が大きな冷蔵庫の扉を開けると「ハンバーグ焼いちゃおうぜ！」とみんなに声をかけた。

「じゃあ俺に任せろ。コーンポタージュスープも温めてやるぞ」と器用で料理が得意な前田が四人分のハンバーグを焼く。

「じゃあフライドポテトも大盛りで頼む！」と猪瀬が言えば「今日はジュース飲み放題やぞ。好きなだけ飲め！」と良樹も調子に乗る。

海賊にでもなったつもりの勢いで、アホで浅はかな高校生たちの宴会が始まった。楽しかった。悪いことをしているのに人間とはおかしな生き物で、見つかるという恐怖を覆い隠すかのように楽しさが込み上げてくる。飲んで食ってくだらない話をして二時間くらい騒いだ後、みんなで綺麗に掃除をしてまたトイレから外に出て静かに解散した。

そんなことが夏休みの間何度かあった。

やっていることは泥棒そのもので、絶対に許されることでは無かったのだが、本人たちにはお金を盗むというような悪意は無く、ちょっと悪ふざけして騒いでいたかっただけなのだった。しかしそれはあまりにも身勝手な自分本位の言い訳で、天罰が下らないわけがない。

ついに店の社長にばれた。

九月になって二学期が始まった時には良樹はすでにバイトを辞めていたので、それを機に店に忍び込むことも無くなっていた。だから何故ばれたのかはわからなかったのだが、辞めてしばらく経った九月も終わりかけたある日、店の社長から康子に電話があった。

学校から帰った良樹はそのことを問いただされると直ぐに白状した。血の気が引いた。良樹はいつかこうなることは予感していたのだったが、いざその時が来てみると頭が真っ白になって呼吸が止まりそうになった。

哲和の鉄拳が飛んでくることを覚悟したがそうはならず、突然、康子が泣き出した。

あんなに悲しそうに泣く母を良樹は初めて見た。いつもはいい加減で陽気で明るく、どんな時でも笑っていた康子が、苦悩の表情で心の底から悲しんでいる。

良樹は康子が怒り出すのではなく、泣き出したことがショックだった。哲和に殴られるよりも心が痛かった。

どんなに後悔しても遅すぎる。良樹の記憶の中で岡根家が始まって以来の重たい空気が家の中を満たしている。気が遠くなるような時間がゆっくりと過ぎていき、康子の泣き声が、自分の耳鳴りのせいで遥か遠い彼方から聞こえてくるようだった。

しかし哲和は何も話さない。岩のようにじっとしたまま良樹を睨《にら》んでいる。

妹の比沙子や和実も夕食を中断したまま凍りついて状況をただ見つめている。

もう一人の自分が良樹に言う。「お前がしたことは泥棒だけではない。とんでもないことをしてしまったんだぞ。お前は、父や母や家族の信頼や愛情、思い出、希望すべてを一瞬にして台無しにしてしまったんだ」

良樹はもうどうしていいかわからなかった。もしその罪が消えるのなら、ボコボコに叩きのめしてもらいたかった。しかしやってしまった過ちは、そんなことで無くなりはしない。

それが本当は数分間のことだったのか、一時間ぐらいのことだったのかはわからない。

しかし、とてつもなく長い沈黙の後、それまでじっと静かに座っていた哲和が突然立ち上がった。

「良樹、車に乗れ。店に行くぞ」

頷いて良樹も立ち上がるが、正座をしていた足が痺れて立ち上がれず、這うようにして玄関まで行き車に乗った。

車の中でも哲和は無言だった。やがて店が近づいて来た時、一言だけこう告げた。

「良樹、お前退学は覚悟しとけよ」

良樹は静かにわかったと頷くしかなかった。


レストランに着いて車を降りると、哲和は「いらっしゃいませ」と声をかける店員には脇目も振らず、店の中にずかずかと入って行った。良樹も慌てて後を追う。哲和はそのまま厨房の所まで行くと立ち止まり、次の瞬間、信じられない行動を起こした。いきなり「経営者出て来い！」と怒鳴り始めたのだ。

店内のお客さんは何事かとみんなビックリしている
コック長の印であるトック・ブランシュを被った社長が厨房から出てきた。

「お前が経営者か、俺の息子が何したか知らんが、警察に通報して退学でも何でも勝手にしろ！その代わりええか、未成年者を夜十時以降働かせた罪で訴えてこの店潰してやる！」

いつの間にそんな法律を調べたのか知らないが、哲和は猛烈な勢いで社長に喧嘩を吹っかけたのだ！

店内は騒然となり客は怯え、ウェイターやウェイトレスたちは狼狽《うろた》える。当然謝るものと思っていた良樹は呆然と固まって、両腕を胸の前で組み仁王立ちしている哲和の後ろ姿をただじっと見ていた。

とんでもない加害者の父親の登場にパニックになりながらも店の社長は反論したのだが、哲和の凄みには敵わずついに「もういいから、警察には届けないから帰ってくれ！ その代りもう二度と店に来ないでくれ！」と観念するのだった。

めちゃくちゃな話だ。道理も何もあったもんじゃない。もちろん百パーセント良樹が悪く、哲和の言っていることは屁理屈であり、社会的にも決して許されることではないだろう。

しかし良樹は感じていた。

この人は、社会的とか世間体とかどうでもいいのだ。善も悪も損も得も関係ない。この人は、ただ命懸けで家族を守ろうとしているのだ。めちゃくちゃかもしれないけど非常識かもしれないけど、自分のやり方で、全力で息子を守ろうとしているのだ。たとえそれでどんな非難を浴びようとも。

「どんな理由であれ、うちの家族を脅《おびや》かすものは許さん。徹底的に戦う！」

その哲和の強い思いに完全に打ちのめされ、良樹は自分のやった愚かな行動を心から強烈に反省した。

哲和は帰りの車の中で「もう母ちゃん泣かすなよ」と一言だけ言った。

この日を境に良樹はグレるのを止めた。


そして、その日良樹は人生には命を懸けて守るべきものがあることを知った。それは家族なのか、国なのか、仕事なのか、仲間なのか、文化なのか、使命なのか、それは時代や環境によって変わるのかもしれないが、その時の良樹にとって家族とは間違いなく命を懸けるに値するものだと確信したのだった。

どんなことがあっても命懸けで家族を守る。それが父親の使命だ。喧嘩が弱くたっていい、頭が悪くたっていい、稼ぐのが下手だっていい、いつもよれよれでかっこ悪くたっていい、普段はちゃらんぽらんで怒られてばかりだっていい、いざというときに命を投げ出してでも守る覚悟があればいいんだ。それ以上に大切なものなどない。決して抜けることのない父親像という大きな杭が、良樹の心に突き刺さった。

確かに哲和の行動は社会的に間違っていたかもしれない。しかしあの時の哲和は、たとえピストルで胸を撃ち抜かれようとも決して倒れることなく立ち続ける覚悟があったに違いない。

何のために生きるのかではなく、何のために死ぬのか。死ねるのか。
覚悟と大義をもって生きろ！
それが子ども時代に良樹が哲和から教わった最後の教えだった。

ゴッドファーザー　パートⅡ

終章

あれから私は高校を卒業するとすぐに東京に出て、厳しい社会の荒波の中でもがきながらも何とかここまで生きてきた。時は移り変わり、昭和は平成に変わった。アナログの時代からデジタルの時代へと急激に変化を遂げた。

そして私も結婚して、いつしか三人の子の親になっていた。

これまでの人生の随所で父から教えられた考え方がずいぶんと役に立った。どんな窮地に立たされても投げ出すことなく、むしろその状況をワクワクしながら最後まで挑み続けられるのは、間違いなく子どもの頃に培われた価値観のおかげだ。

人生は一度きりのドラマで、ピンチピンチの連続で、最後に大きな幸せがやってくるようなめちゃくちゃ面白いものにしたいと本気で思えている。

そして父から多大なる影響を受けた私がどんな子育てをしてきたのか。

私の子育てを見習え、などと言うつもりは毛頭ないが、私自身は、子育てにおいても父に育てられたことを深く感謝しているし誇りに思っている。父は育てたつもりなどないと言うだろうが。

そう思えるのは、すくすくと成長した三人の子どもたちのおかげだ。たくさんの失敗や後悔はあるし、他人から見ればどう思われるのかわからないが、私としては十分すぎるくらい立派になったと思う。

正解のない子育てに戸惑うのは当たり前のことで、正解がないとわかっていながらも人はそれを求めすがってしまう。大切なのは影響を受けた価値観を信じ込むことではなく、その中で役に立つものと役に立たないものをきちんと区別して考えることだ。

子育てとはまた、親育てでもある。

子どもが生まれた瞬間に親になるのではない。赤ちゃんがまだ一人前の人間ではないのと同じように、親もまだ親としては赤ちゃんなのである。

子どもを育てていくうちにだんだんと親らしくなっていくのだから、むしろ赤ちゃんは産んだ人間を親に育ててくれる存在といえるだろう。

子育ては、真っ暗闇の中で手探りをしているのに等しい。私もそんな暗闇の中で父から学んだ哲学という細い光を頼りに今日まで子どもを育て、子どもに育てられてきた。これで良かったのかどうかは、子どもたちが感じることであって全部私の独りよがりかもしれないのだが、世界中でおそらく最も父の影響を受けて育った私が、一体どんな子育てをしたのか？　いくつかのエピソードを紹介したい。

三人いる子どもは、長女、長男、次男の順番で長女は社会人で、息子たちは大学生である。二番目の子ども、つまり長男のことなのだが、彼は現役で東大に合格した。よくどうやって育てたんだ、と聞かれるが、現役で東大に合格したことが素晴らしいのではなく、彼の目標に向かう姿勢が素晴らしかったのだ。

少し遡るが、彼が幼稚園から小学校に上がる頃、世の中の子どもたちの間でテレビゲームや『ゲームボーイ』が流行り出した。私は頑としてゲーム機を買うことには反対した。父譲りの自分が必要ないと思うものは絶対に買わないという価値観を譲らなかった。

彼はいつもおもちゃ売り場で泣き叫んでいたのだが、結局中学生になるまでゲーム禁止を貫いた。どうしても我が子に機械の中で殴り合うようなゲームをやらせたくはなかったのだ。

しかしそのことで長男が学校の友達から仲間外れにされていたことを私は知らなかった。そんなことを長男は私に一言も言わなかった。約六年間もの間、彼はそのことに耐えてきたのだ。

きっと一つ違いの次男も同じだろう。長い間悔しい思いをしたに違いない。

私の良かれと思った価値観が必ずしも正しいわけじゃない。ゲーム機を持っていないことで仲間外れにされている子どもの気持ちも知らずに、私は良いことをしているつもりで天狗になっていたのだ。とんでもないダメ親父だ。

長男が六年生になるとき私はそのことを知り、彼と一対一で真剣に話し合ったことがある。つらい思いをしていたことをわかってやり、今まで知らないでいたことを謝った。そして何故私がゲーム機を禁じていたのかをきちんと説明したうえで、もう買ってもいいと伝えた。

すると長男は「いらない」と言う。話をする前まではあれほどゲーム機が欲しいと言っていたにもかかわらずだ。

テレビゲームが無くても自分で発明したゲームがたくさんあるし、サッカーや野球で遊べると言うのだ。（実際長男は、自分で画用紙やノートに『人生ゲーム』のようなものを書いて作っては私たちと一緒に遊んだ。ゲームのルールを聞くのに二十分はかかるし、途中で都合よくルールが変わったりするのだったが）

「ゲーム機はいらない」と言った長男の真意はわからないが、彼は彼なりに、父親が自分の気持ちをわかってくれたことに応えようとしたのではないだろうか。

そのことが嬉しかった。そしてそれは、とても大切で価値のある会話だった。

何故その会話ができたのか、それは「子どもを子ども扱いしない」という教えに他ならない。子どもなんだから親の言うことを聞いておけばいいんだという一方的な価値観では、まったく違った結果になっていたことだろう。ゲームは良くないという一方的な自分の価値観を手放し、頭ごなしに否定するのではなく、お互いの共通する成果へと向かうための会話をする。そのことは、今では弊社の「センターサークルの中で会話をする」という企業研修などでも使うコミュニケーションスキルとなっている。

ゲーム機を買ってやらなくて本当に良かったのかどうかは今でもわからない。でも、少なくともそのおかげで彼は自分で工夫しながらゲームを開発したり、小学生のうちから本や新聞をたくさん読むようになったりしたことは事実だ。

そして長男の心の中でも何か大きな変化があったのだろう。それからもう二度とゲーム機のことを口に出すこともなく、中学、高校とサッカーに夢中になり、黙々と練習を続けるようになった。

私の父がそうであったように、私も子どもたちには一度も勉強をしろと言ったことはない。私自身、大学に進学することをそれほど重要視していなかったので、子どもたちも特に大学に行かなくても問題ないと思っていた。子どもたちは全員授業料の安い公立高校だ。

しかし自分の強い意志で大学に行きたいと言うのなら、それを止めることはない。長男は高校三年生の最後のサッカー部の試合が終わって夏休みも終わる頃、突然勉強がしたいから塾に行きたいと言い出した。

塾に関しては、一度小学生の時に行きたいと言ったのだけれど、勉強がしたいのか、友達が通っているから遊ぶために行くのかを問いただすと、遊ぶためだと正直に答えたものだから禁止していた。それ以来、高校三年になるまで塾に行くことはなかった。

しかし、本人が自分から勉強をしたいと言い出す機会はまたとないだろうから、私は普段仕事でやっている研修のように、長男を本気にさせるための会話をしてみた。短くても深いコミュニケーションは子どもの心を震わせた。その結果選んだ答えは「東大に行きたい」というとんでもないものだった。普通にその時点での成績から考えたら「行けるわけがないだろう！」というレベルだったが、そんなことはやってみなくてはわからない。背中を強く推してやると、長男の人生の選択に対するエネルギーは強く高まり、信じられないほどの集中力を生み出した。そして彼の全身から、たとえ困難があったとしても決して諦めない不屈の精神が溢れ出していた。

しかし岡根家の受験生に対する扱いは酷く、テレビのボリュームさえ一向に気にしないでお笑い番組を見ながら大笑いをしたり、勉強を無理やり中断させて一緒に将棋やトランプに誘ったりする。受験生を特別扱いするのはまったくおかしな話で、勝手に勉強がしたいと言っているのだから、受験生の方が家族の生活に合わせなければならず、それが嫌なら受験しなければいいのだ。

強制されて勉強するのではない。期待されて頑張るのでもない。自分の強い意志で始めた受験勉強は、モチベーションが下がることなく、挫《くじ》けることもなく、成績は右肩上がりに伸びていった。そうやって長男はいつ寝ているのかわからないくらい勉強していたので、むしろ体を壊さないかの方が心配になるのだった。そして運もよかったのだろうが、半年間の集中した勉強で堂々と現役合格したのだった。


次男は長男のようにゲーム機を買ってくれと泣き叫ぶことはなかったが、やはり同じようにつらいことはあったに違いない。

その次男は、兄とは違ってゲームを開発したり、文字や勉強に興味を持ったりはしなかった。

その代わりとても変わったものに興味を持った。

セロハンテープだ。

次男が小学二年生の頃だ。テーブルの上にあったセロハンテープを彼はちぎっては丸め、ちぎっては丸め、何の気なしに何かを作って遊んでいた。ところができたものをよく見てみると、それは「恐竜」だった。驚いた。背中に大きな背びれのある恐竜をセロハンテープだけで作り上げたのだ。

私はそのクオリティのあまりの高さに、これはもうこの子は天才なのかもしれないと思い、次男を近所の文房具屋に連れて行き、ありったけのセロハンテープを買ってやった。すると目をくるくるさせて喜び、さっそく器用に今度は犬を作り始めるのだった。

それからというもの、考えられないほど完成度の高い動物のアート作品が次々とできていった。猫やラクダやキリンやライオン、さらには今にも飛び立ちそうな羽を広げた鷲まで作った。

親ばかかもしれないが、彼は間違いなく天才だ。しかし本人は「こんなことができても何の役にも立たないよ」とその凄さに今ひとつピンと来ていない。

確かにこの次男が作るアートのレベルで勉強ができたり、スポーツができたりしたら未来は物凄く明るいのかもしれない。セロハンテープで動物が作れるというのは、それらに比べれば直接的に何かの役に立つと言うイメージは湧きにくい。でも別にいいじゃないか。役に立つことだけが素晴らしいわけじゃない。他人に無い個性ならどんどん伸ばせばいい。キリンはどんどん首を伸ばせ！　象はもっともっと耳を大きく広げろ！

（いつかその芸術的感性は、際立つ個性になるかもしれないのだ）

それくらい凄いことなのだから、きっと人生のどこかで大きな花を咲かせるに違いない。

私だって絵本を描き始めたのが三十一歳で、世に出たのが四十歳の時なのだから。

そして長女は、そんな弟二人を子分のように従えて天真爛漫に育った。今ではすっかり体も大きくなった弟たちだが、未だに姉には逆らうことができないで顎でこき使われている。玄関から娘の足音が聞こえてくると、妻からでさえ「げ、女王様が帰って来た」と言われている。

しかしその反面、昔から努力家で、ピアノでも一輪車でも水泳でもバスケでも英語でも、とにかく自分が好きで始めたことは誰よりも黙々と努力をして目標を達成する芯の強さを持っている。小さな頃に始めた英語のミュージカルに至っては、社会人になった今でも続けている。小さな体で縦横無尽に舞台を駆け回り、キラキラと輝きながら歌うその姿は、遠い昔に母と見たあの舞台の役者の女の子と重なる。

長女が幼稚園に入園した頃は、私が絵本作家を目指していて、三年間まったく働いていない無収入の時代だった。長女はお友達と同じように『セーラームーン』のドレスを買って欲しいとねだるのだったが、もちろんそんなお金はどこにもない。しかしお金が無くてもお父さんに任せておけ、とばかりに新聞紙でそっくりの衣装を作ってやった。こんなみすぼらしいんじゃない！ と怒り出すかと思いきや、これが意外や意外、大喜びしたのだった。新聞のドレスをまとい、新聞の靴を履いて、新聞の髪飾りをつけ、新聞の魔法の杖を振り回して嬉しそうに飛び回っていた。

それを機に私は大量の新聞紙や段ボールを家に持ち込んで、人間が入れるドールハウスや、東京タワーや、滑り台やトンネルを作った。もちろん子どもたちは大はしゃぎし、岡根家はちょっとした遊園地となって近所の子どもたちとそのお母さんたちの溜まり場となるのであった。さらに調子に乗った私は、「どうせ借家なんだから、出ていくときに貼りかえればいいんだ」と、子どもたちとクレヨンで壁紙に絵を描いたり、畳を絵具で塗ったりと、もしかしたら子どもたち以上に張り切って遊んだ。

そしてママたちは、私も妻も働いていないことを知るとビックリ仰天するのだったが、なんとありがたいことに自宅から晩御飯を持ち寄って来てくれるようになった。貧乏なはずの我が家は毎日がまるで修学旅行かキャンプのようで、賑やかな日々はそれから三年間続いたのだった。

そんな非日常の経験がきっと彼女の人生観に影響を与え、大学入試でも海外留学でも就職活動でも、成功しても失敗しても、どんな場面でも強く明るく、今現在も立派にたくましく生きている。

そしてまったく性格の違う三人の子どもたちが、すくすくと成長できたのは、こんなでたらめな私をずっと寛大な心で理解してくれている妻の存在に他ならない。

本当に子どもを育てたのは私ではなく妻だ。

突然仕事を辞めて絵本作家になりたいと言い出したり、子どもが三人もいるのに三年間は働かないと言ったり、星空が描けないから一週間どこかの島に行ってくると急にいなくなったり、私のような人間が夫だったらきっとその妻のストレスは半端ではないだろう。

しかし妻はただの一度も私の勝手を責めることも反対することもなく、笑いながら「いいよ、きっと何とかなるよ」と言ってくれた。

子どもにとって一番悲しいことは、もしかしたら貧乏なんかじゃなくて、叱られることでもなくて、大好きなお母さんとお父さんがお互いの悪口を言っていることではないだろうか。それは親である以上、絶対にしてはならない。しかしそんな簡単なことが一番難しい。だから私の人生で一番お手柄だったことは、間違いなく彼女を見つけ、射止めたことだ。そして彼女は三人の子を立派に育ててくれた。どんな時でも太陽のように闇を照らし、自分以上に子どもを愛している。

だからこそ、この家族を私は死んでも守らなければならないのだ。どんなことが起こっても、たとえ自分の命を投げ出してでも絶対に守り、幸せにしたい。あの日の父のように、たとえ槍で突かれようが、銃で撃たれようが、盾となって大地に踏ん張って立ち続けてやる。

そう思える家族があることが今の私の幸せであり、そんな価値観を持たせてくれた父や母やすべての人に心から感謝したいと思う。

酒を飲みながら豆ばかり食べていた父。しかし豆とは種であり、種には丸ごと一本の樹が入っているのだ。千年生きている屋久杉でも、世界一大きなジャイアント・セコイアだって一粒の小さな種子から育った。そう考えると種にはとても不思議な魔力を感じる。

同様に子どもたちの中にも無限の可能性を秘めた種がたくさん入っている。しかし芽を出さなければ種は一生種のまま終わってしまう。芽を出すためには、肥えた土や水や光といった環境が大きく影響するのだ。

そして今度は私たちの番だ。私たち大人は次の世代を担う子どもたちが芽を出すためにどんな影響を、どんな価値観を、どんな生き様を残してやれるのか。その責任は重大だ。

とてつもなく偏ってはいたけれど、真直ぐで粋な父から学んだこの哲学を未来に活かすためにきちんと進化させ、その本質を伝えていくことができるのか。それは私のこれからの使命である。また、それを受け取った人たちがさらに進化させ次の世代に伝えてくれたら、表現や言葉は変化しながらも、その本質は普遍的な哲学として未来に引き継がれていくだろう。

あとがき

自分の人生を振り返ってみると、やはり一番影響を受けたのは父だろう。人の忠告はほとんど聞かず、自分の決めた道はどんな障害があっても貫く、偏屈でしぶとくて大袈裟で、それでいてどこか適当な人生。

今回この本を書くにあたり父の幼少時代の話を詳しく聞くことが出来た。あのどうしようもない偏屈な哲学がどうやって生まれたのか、ほんの少しだけわかったような気がした。

しかし私という価値観を構成しているのは、父や母だけではなく、学校の先生や、友人や、営業会社時代の部長や、恋人や、妻や、子どもや、旅先の人や、お客さんや、またたくさんの映画やお芝居や音楽など様々な要素なのだ。

だから父の価値観をすべて肯定するわけではない。実際父の言葉や行動は、多々矛盾しているることがある。それを正しそうな言葉で批判することは容易《たやす》いだろう。しかしその真意を見抜き、本質を感じ取ることの方が大事だろう。

世の中は豊かになり過ぎて、それに麻痺してしまっている。生活水準を落とせなくなってしまった親たちは稼ぐことに忙し過ぎる。子どもを養ってはいるが、育てられないでいる。何不自由のない暮らしと言うが、最も大切な幸せが不自由しているように見える。

では、どうしたらいいのか？　正しそうな子育ての本や情報は溢れているのにみんな迷っている。

父の教育はたしかに極端かもしれないが、そこには真理をついた深いメッセージがある。時代を超えて伝え残したいメッセージだ。

ただし、極端すぎるゆえに読み取る方にもそれなりの解釈力がなければ、哲和の教えは諸刃の剣で怪我をすることもあるだろう。

私自身「成功よりも美学が大事」ということを、人に習うより自己流でいいんだ、それが自分の美学だ、と思い違いをしていたためにとんでもない回り道をしたことがある。

それは絵本作家になるために大手出版社に原画を初めて持ち込んだ時のことだ。私の絵を見てくれた編集の人が「あなた、デッサンを習ったことないでしょう。デッサンをやらずに絵本作家にはなれませんよ」とアドバイスをくれたことがある。にもかかわらず、あろうことか「じゃあ俺はデッサンをやらずに絵本作家になってやる！」とそれが自分の美学だと思い込んで、編集者の声を素直に聞かなかった。

結局九年という途方もない時間をかけた結果、四十歳にして絵本は出版されるのだが、いやいや、今なら確信をもって言える。「絵本作家になりたいのなら、絶対にデッサンを習うべきだ！」九年の間に、デッサンの学校に通うことはなかったが、結局、自力で私がやっていたことはデッサンを習うのと同じことだったのだ。しかも効率の悪いやり方で。もし、素直にデッサンを習っていたなら九年かかった時間は少なくとも六年くらいに縮まっていたのではないだろうか。

デッサンなんか習わないというのは決して美学ではない。本当にこだわり、美学を貫き通すのは絵の個性であり、完成度の方だ。独りよがりの美学には何の価値もなければそんな生き様はまったく粋でもなんでもない。

ずいぶん時間が経ってしまったが、ただとがっていただけだった私自身の哲学が、それなりに意味のある形に変化してきたのではないだろうか。

今回もまたエイチエス出版の斉藤さん、「読書のすすめ」の清水店長はじめ多くの皆さんの助言やご尽力を賜りました。この御恩は必ず何らかの形で、今世で無理ならば必ずや来世にてお返ししたいと思います。

また最後までこの本を読んでくださった皆さまに心より「ご苦労様」と申し上げます。

よくぞこんな偏屈な物語を最後まで諦めずに、そうとう苦痛を感じたのではないでしょうか。まあ、ここまで来たら、何の価値もなかったなんて野暮なことは言いっこ無しで、賢者は愚者からも学ぶがごとく、何か一つでも大切なメッセージを汲み取っていただけたら有り難い限りです。そしてこれからの未来に活躍する子どもたちのために、ほんとうに役立つ教育というものを今こそ一緒に、真剣に考えていこうではありませんか。

著者プロフィール

岡根 芳樹

1964年和歌山県出身。

ソーシャル・アライアンス株式会社 代表取締役社長。

営業、コミュニケーション教育を提供する同社にて、企業や組織に対し実際の現場を想定した即効性のある研修を提案。机上の空論ではない自身の営業経験を活かした成果にこだわる人材教育、ユニークかつ実践的なトレーニングには定評がある。人気講師、トレーナーとして全国各地を飛び回る一方絵本作家としての顔も持つ多才な人物である。

〈著書〉『LIFE IS BEAUTIFUL』（ソースブックス）
『スタンド・バイ・ユー』（エイチエス）
〈絵本〉『よなかのさんぽ』（ビリケン出版）
『あめのカーテンくぐったら』（フレーベル館）
『まじょのマジョリータ』（フレーベル館）

【オーマイ・ゴッドファーザー 頑固親父のデタラメ教育論】

初刷 ―― 二〇一六年一二月一〇日
著者 ―― 岡根芳樹
発行者 ―― 斉藤隆幸
発行所 ―― エイチエス株式会社 HS Co., LTD.
064-0822
札幌市中央区北2条西20丁目1-12佐々木ビル
phone : 011.792.7130 fax : 011.613.3700
e-mail : info@hs-prj.jp URL : www.hs-prj.jp
印刷・製本 ―― 中央精版印刷株式会社
乱丁・落丁はお取替えします。

ISBN978-4-903707-74-7
JASRAC 出 1613028-601